IBRAHIMA NDOFFÈNE NDIAYE

MINI MINI

DIE SCHLANGE, DIE FÜSSE HABEN WOLLTE

DIESES BUCH IST GEWIDMET

KAPITÄN MAGATTE NDIAYE – HEIKE KLÖKNER – BINTA FALL – MOUSSA DIOUF

SCHÔCÔLILI VERLAG

VORWORT

Ibrahima Ndoffène Ndiaye, genannt Ibo, ist der Enkel von Buur Sine Coumba Ndoffène, dem Herrscher über das Sénégalesische Königreich Sine, und kam 1963 als ältestes Kind bei insgesamt acht Geschwistern des Ehepaares Magatte Ndiaye und Fatoumata Diouf in Thies, im Sénégal, zur Welt.

Als es ihn 1987 zum Studium der Germanistik und Romanistik nach Deutschland verschlug, entdeckte er sehr schnell seine Liebe zum Saarland und die Menschen dieses kleinsten aller deutschen Bundesländer entdeckten bald ihre Liebe zu ihm.

Mitverantwortlich dafür: sein Charme, sein Witz und seine Vornehmheit in der Begegnung. Was ihn für uns alle aber geradezu unverzichtbar macht, ist sein einzigartiges Können. Er fasziniert mit Erzählungen aus der Heimat, mit Märchen aus der Tierwelt, mit afrikanischen Kinderspielen, mit Musik-, Tanz- und theaterpädagogischen Projekten.

Er ist ein Meister in der Vermittlung der Kultur seiner ersten Heimat Afrika, ein Mann von unglaublicher Kraft und Glaubwürdigkeit im Bemühen um die Integration von Menschen seiner Hautfarbe in seiner zweiten Heimat Deutschland und ein „Kinderversteher", dem Eltern, Erzieher und Lehrer voller Bewunderung und sicher auch nicht selten etwas neidvoll dabei zusehen, mit welcher Leichtigkeit er mit Mädchen und Jungen gleich welchen Alters den richtigen „Rhythmus" findet.

Tatsächlich nimmt der perfekt deutsch und ebenso überzeugend auch „saarländisch" sprechende Künstler zumeist Kontakt mit seinen kleinen und großen Fans auf, indem er seine Trommel, seine Rhythmik, seine Musik und seinen Tanz die Herzen öffnen lässt.

Dies gelingt ihm seit nunmehr zehn Jahren äußerst erfolgreich als Botschafter der Initiative der saarländischen Landesregierung und des Landessportverbandes für das Saarland „Sport und Prävention" („wir im Verein mit dir").

In dieser Zeit hat „Ibo" mit etwa 500 Sportvereinen und über 100 Grundschulen im Saarland erfolgreich gearbeitet und rund 20.000 Kinder im Alter von sechs bis 10 Jahren in beeindruckender Weise soziales Lernen vermittelt.
Mit diesem Engagement ist er für viele in diesem Land zu einem festen Begriff geworden, für mich darüber hinaus zu einem unverzichtbaren persönlichen Freund.

Leo Meiser

Landesbeauftragter für pädagogische Prävention Saarland, Ministerium für Arbeit, Familie, Prävention, Soziales und Sport

INHALT

WIE DIE GESCHICHTEN AUF DIE WELT KAMEN 8

PIKI PIKI 12

WIE DER HASE DIE TOCHTER DES KÖNIGS HEIRATETE 18

WARUM MAN(N) ÖFTER
AUF SEINE FRAU HÖREN SOLLTE 24

DER BAUER UND DIE DREI AFFEN 38

WIE DER HUND ZU SEINER FEUCHTEN NASE KAM 46

DIE SCHLANGE, DIE FÜSSE HABEN WOLLTE 50

DER IGEL UND DER SCHAKAL 56

DER MANN, DER BEHAUPTETE,
EIER LEGEN ZU KÖNNEN 64

WIE EIN ARMER BAUER ZUM KÖNIG WURDE 68

DER LÖWE, DIE HYÄNE UND DER GEIER 74

DJINAH UND GUINAAR
DIE GESCHICHTE VON DER MAUS UND DEM HAHN 80

WARUM MAN NICHT ALLE GEHEIMNISSE
VERRATEN SOLL 86

MBOTT UND KAKATAR
DIE GESCHICHTE VOM FROSCH UND DEM CHAMÄLEON 90

DER WÄHLERISCHE PRINZ 96

DIE WÄHLERISCHE PRINZESSIN 100

YAKAR, DIE HOFFNUNG 104

DIE GERECHTIGKEIT DER HYÄNE 112

WIE DIE GESCHICHTEN AUF DIE WELT KAMEN

Yaa Daba war eine Bäuerin, sie war für ihre Tapferkeit im ganzen Dorf bekannt. Ihr Leben lang hatte sie hart gearbeitet. Als sie alt wurde und ihre Kräfte nachließen, ging sie aufs Altenteil. Doch sie langweilte sich sehr. Sie bedauerte es, dass sie nicht mehr fähig war, wie gewohnt auf dem Feld oder im Haushalt zu arbeiten. So kam es, dass sie nur noch zu Hause herum saß. Dies fiel ihr so schwer, dass sie vor sich hin fluchte.

> „Oh, großer Gott! Wenn du nur wüsstest, wie langweilig es mir ist! Nie war es so ruhig um mich herum wie jetzt. Mein Mann ist gestorben, meine Kinder sind längst aus dem Haus. Nun sitze ich hier wie ein Elefant beim Schuhmacher."

In der Nacht hatte Yaa Daba einen seltsamen Traum. Sie sah Prinzessinnen, Phantome, sprechende Tiere, Menschen, ineinander verschlungene, sich küssende Bäume und andere merkwürdige Dinge. Am nächsten Morgen erinnerte sie sich an alle Ereignisse, aber die Erinnerungsbilder waren durcheinander geraten, so dass sich vor ihrem inneren Auge eine derartig komische Geschichte entwickelte, dass sie unaufhörlich lachen musste.

Sie lachte so laut, dass die Nachbarn herbeieilten, um sich zu vergewissern, dass Yaa Daba noch bei Sinnen war.

Yaa Daba begann, ihnen den Grund für ihr Lachen zu erklären. Auch die Nachbarn fanden die Geschichte spannend und amüsierten sich. Ihr Lachen lockte nun wiederum die Kinder an. Diese verbreiteten die Nachricht von Yaa Daba, der Geschichtenerzählerin, im ganzen Dorf. Geschichtenerzählerin? Das kannte man damals noch nicht. Alle ließen ihre Arbeit liegen, liefen hin und bald platzte das Haus vor Besuchern aus allen Nähten.

Als die Geschichte zu Ende war, bedankten sich alle begeistert bei Yaa Daba und versprachen ihr, am nächsten Tag wieder zu kommen. In guter Stimmung zu Hause angekommen, warteten jedoch einige unangenehme Überraschungen auf sie: übergelaufene Kochtöpfe, zersprengte Kuhherden, von Ziegen angeknabberte Getreidesäcke, vom Wind weggeblasene Wäsche auf sie. Es war eine Katastrophe.

Seit diesem Tag erzählte Yaa Daba nur noch abends ihre Geschichten, wenn alle ihre Arbeiten verrichtet hatten. Und bis zum heutigen Tage hat sich daran nichts geändert.

Am Abend versammelt sich das ganze Dorf unter dem Baobab, dem Affenbrotbaum, und lauscht den Erzählern oder Erzählerinnen, unter ihnen die warme Erde und über ihnen der klare Sternenhimmel.

An dieser Stelle fällt die Geschichte ins Meer,

und wer ihren Duft als Erster riecht, kommt ins Paradies.

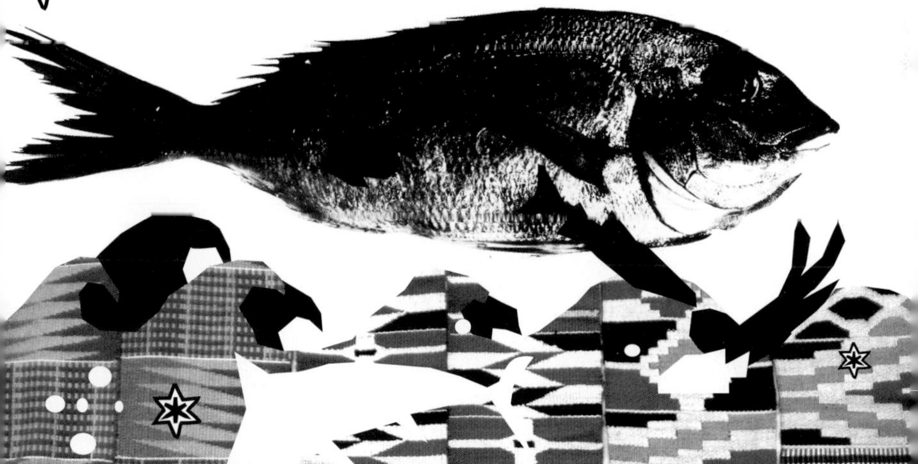

PIKI PIKI, EIN KLEINER SCHLAUER VOGEL
DIE GESCHICHTE EINES WEISEN VOGELS

Piki Piki war einst ein kleiner niedlicher, aber einsamer Vogel. Als er auf die Welt kam, wusste er nicht einmal, wer seine Eltern waren. So irrte er mutterseelenallein auf einer Lichtung mitten in Afrika umher, wo jedoch viel saftiges Gras wuchs.

Er bedauerte es sehr, dass er ohne Familie heranwuchs. An einem Tag strich ein kalter Wind durch das Land, Piki Piki zitterte am ganzen Leibe.

„Wenn ich nur eine Feuerstelle finden könnte
oder vielleicht einen Pullover!",
dachte er insgeheim.
„Aber bis dahin singe ich mich warm!"

Piki Piki nam, Piki tscholi
ana sana yaye, Piki tscholi
ana sana baye, Piki tscholi.

Piki Piki nam, Piki tscholi
kumay djox ma naan, Piki tscholi
kumay djox ma lekë, Piki tscholi.

Piki Piki nam, Piki tscholi
tuki tuki naa, Piki tscholi
amu ma malaan, Piki tscholi
amu ma malaan, Piki tscholi.

Piki Piki, ich kleiner Vogel,
wo bleibt meine Mutter, ich kleiner Vogel,
wo bleibt mein Vater, ich kleiner Vogel,
Piki Piki, ich kleiner Vogel.

Wer gibt mir zu trinken, ich kleiner Vogel,
wer gibt mir zu essen, ich kleiner Vogel,
ich war überall, ich kleiner Vogel,
nun bin ich erschöpft, ich kleiner Vogel,
ich friere, ich kleiner Vogel.

An jenem Tag zeigte sich die Sonne von ihrer schüchternsten Seite. Als Piki Piki mit dem Singen fertig war, kam – wie aus dem Nichts – eine dicke Kuh vorbei. Und schon fing sie an, das Gras in der Nähe von Piki Piki wie ein Rasenmäher gefräßig in sich hinein zu schlingen, ohne ihren Wiesennachbarn eines Blickes zu würdigen.

„Dir geht's gut!",
dachte Piki Piki etwas verärgert.
„Man kann ja mal Guten Tag sagen!
So eine Unverschämtheit, du blinde Kuh."

Er schaute traurig der schwer beschäftigten Kuh zu, die sich ruhigen Gewissens weiterhin den Bauch vollstopfte. Als sie schließlich satt war, ließ sie ganz ungehemmt einen dicken Kuhfladen fallen, der Piki Piki beinahe erschlagen hätte. Daraufhin zog sie mit einem lauten „Muuuh!" davon.

„Heh! Noch nie was von kleinen Leuten gehört?",
fluchte er der Kuh hinterher.
„Aber was soll's?
Ich danke dir trotzdem für dein Meisterwerk.
Das kommt mir sehr gelegen."

Und flink sprang Piki Piki in den heißen, dampfenden Kuhfladen.

„Hm, das tut gut, endlich ein warmes Zuhause“, dachte er und sang lauthals wieder sein Lied.

Piki Piki nam, Piki tscholi
ana sana yaye, Piki tscholi
ana sana baye, Piki tscholi ....

Als er fertig war, eilte zufällig eine hungrige Hyäne vorbei und fragte Piki Piki schmeichlerisch:

„Häh, häh, häh. Na, Kleiner,
du bist ja vielleicht niedlich!
Was machst du denn da ganz alleine?“

„Ich, ich warte auf meine Mutter“,
antwortete Piki Piki.

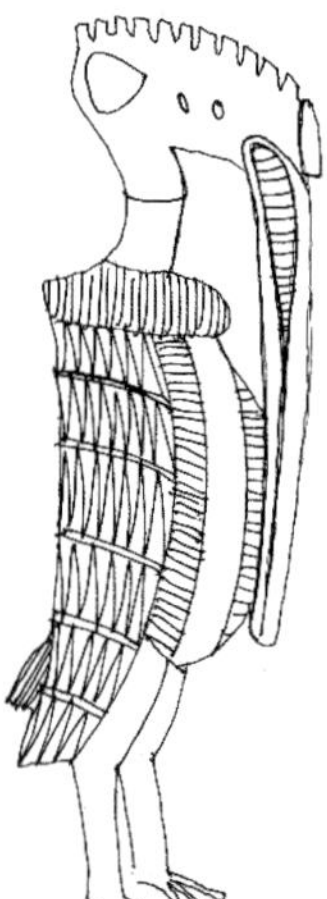

„Haha, hähä, ich bin doch deine Mutter.
Erkennst du mich nicht?“,
kicherte die Aasfresserin voller Vorfreude.

„Ganz bestimmt nicht, Tante Hyäne, du lügst!“,
erwiderte Piki Piki.
„Entschuldige, nichts gegen dich,
aber meine Mutter stinkt und sabbert nicht
so wie du, bäh!“

„Wie bitte? Du wirst gleich wissen,
was du von deiner Frechheit hast!“,

fauchte die hochbeleidigte Hyäne. Plötzlich sprang sie los und wollte über Piki Piki herfallen. Aber der kleine Vogel wich reflexartig zur Seite und eilte vor Schreck davon. Bouki, die ungeschickte Hyäne, verfehlte ihre Beute und landete mit ihrem Maul mitten im Kuhfladen.

Die Hyäne musste sich eingestehen, dass sie ihr kleines Opfer durch ihre Gier verfehlt hatte, und sie ärgerte sich über ihre Niederlage. Ihr fiel nichts besseres ein, als dem schlauen kleinen Piki Piki hinterherzurufen:

„Merke dir eins für den Rest deines Lebens:
wer im Dreck steckt, soll besser seinen
Schnabel halten.“

Und nun, meine Meinung dazu:
dumm gelaufen. Und ihr, was meint ihr?

An dieser Stelle fällt die Geschichte ins Meer,
und wer ihren Duft als Erster riecht, kommt ins Paradies.

WIE DER HASE DIE TOCHTER DES KÖNIGS HEIRATETE

Der Löwe, König aller Tiere, hatte eine einzige Tochter. Er liebte sie so sehr, dass er ihr allerlei Wünsche erfüllte. Eines Tages fühlte sich die Prinzessin alt genug, um zu heiraten. Allerdings wollte sie nur den zum Mann nehmen, der sie durch seine Stärke beeindrucken konnte.

Der Löwe lud all seine Untertanen ein und ließ einen Wettbewerb organisieren. Die Kandidaten erschienen scharenweise von nah und fern. Von der großen Giraffe bis hin zur kleinen Ameise waren alle gekommen, nur der Hase fehlte. Er war zu der Zeit verreist.

Das Fest wurde eröffnet, alle genossen die köstlichen Speisen, Leckereien und Getränke. Endlich kam es zum Wettbewerb. Jeder Kandidat ließ sich etwas Besonderes einfallen, um der Prinzessin am besten zu gefallen.

Zuletzt kam die Hyäne an die Reihe. Um ihre Stärke zu zeigen, hatte sie einen riesengroßen Knochen mitgebracht und zermalmte diesen mit ihren starken Kiefern in einer unvergleichlichen Geschwindigkeit. Das Publikum spen-dete tosenden Beifall, der König und seine Tochter waren restlos beeindruckt.

„Gratuliere, liebe Hyäne, du bist der Sieger des Tages! Meine Tochter, die Prinzessin, wird deine Gemahlin werden.
Erscheine in einer Woche wieder hier am Hof, dann wird sie bereit sein, ihrem Gemahl zu folgen“,

sprach der neue Schwiegervater und König zur Hyäne.

„Das ist mir sehr recht, Majestät, bis dahin werde ich genug Zeit haben, um unser Haus bestens einzurichten“,

antwortete die Hyäne.

Am Tag darauf kam der Hase von seiner langen Reise zurück. Man berichtete ihm von der großen Neuigkeit. Da begab er sich zum König und lästerte ausgiebig über dessen neuen Schwiegersohn, um der Hyäne mit List die Prinzessin abspenstig zu machen.

„Majestät, wollt Ihr wirklich der Hyäne Eure Tochter zur Gattin geben? Bitte bedenkt, Ihr würdet Eure Tochter unter Stande verheiraten, denn die Hyäne ist mein Diener, ja mein Sklave“,

behauptete der Hase.

„Wie meinst du das?“,
fragte der Löwe erstaunt.
„Ganz einfach, wenn ich etwas zu erledigen habe, gehe ich nie zu Fuß. Ich brauche nur die Hyäne mit einem Pfiff herbeizurufen und auf ihren Rücken zu steigen. Schon bringt sie mich überall dorthin, wo ich hin möchte. So einfach ist das.“

„Ich glaube dir das nicht“,
antwortete der Löwe,
„doch wenn du es mir beweist,
gebe ich **dir** meine Tochter zur Frau.“

Sieben Tage vergingen, da erschien die Hyäne in bester Stimmung, um die Prinzessin, wie vereinbart, abzuholen. Doch der Löwe nahm seine Zusage zurück und konfrontierte die Hyäne mit der Aussage, dass sie des Hasen Diener sei. Die Hyäne eilte zum Hasen und trommelte wild an seine Tür.

„Komm sofort heraus, du Lügner!
Ich habe deine Lästereien satt!“,
schrie sie zornig.

„Wir gehen sofort zusammen zum König,
oder ich fresse dich mit Haut und Haaren!"
Der Hase sprang in sein Bett und zog eine dicke Decke über sich.

„Ich kann mich nicht bewegen.
Ich habe hohes Fieber",
jammerte er.

Da rammte die Hyäne die Tür ein und stürzte mit voller Wucht in die Wohnung. Sofort ergab sich der Hase.

„Schon gut, ich komme mit.
Aber nur, wenn du mich auf dem Rücken
trägst, meine Beine sind zu schwach."

Der Hyäne war es recht. Sie trug den Hasen auf ihrem Rücken zum König. Bei ihrem Anblick war der König fest davon überzeugt, dass der Hase die Wahrheit gesagt hatte. Die Hyäne kam gar nicht zu Wort, so schnell hatte der König sein Urteil gefällt.

„Der Hase hatte Recht.
Verlasse sofort den Palast.
Meine Tochter wird keinen Sklaven
wie dich heiraten."

So wurde der Hase zum neuen Schwiegersohn des Königs. Seit diesem Tage ist die Hyäne der größte Feind des Hasen.

An dieser Stelle fällt die Geschichte ins Meer,
und wer ihren Duft als Erster riecht, kommt ins Paradies.

WARUM MAN(N) ÖFTER AUF SEINE FRAU HÖREN SOLLTE

Es lebte einst ein sehr reicher Mann namens Karibi mit seiner Frau und seinen sieben Kindern. Karibi war so reich, dass alle dachten, er würde nie sterben und beneideten ihn sogar darum, dass er und seine Familie für ihr ganzes Leben abgesichert wären. Sie rechneten allerdings nicht damit, dass das Leben manchmal böse Überraschungen mit sich bringen konnte.

Karibi verlor im Laufe der Zeit sein ganzes Vermögen. Seine Familie und er hatten nicht einmal mehr genug zu essen. Die Kinder waren so abgemagert, dass sie aussahen wie wandelnde Skelette. Dieser Zustand tat dem Familienvater sehr weh.

„So geht das nicht weiter", dachte er.
„Irgendetwas muss passieren, und zwar schnell.
Ich muss dringend etwas unternehmen,
sonst fallen sie mir alle vom Fleisch!"

Wie gesagt, so getan. Kabiri nahm einen Pilgerstock und ging in die weite Welt hinaus.

Sieben Tage, sieben Nächte, sieben Wochen und sieben

Monate, sogar sieben Jahre irrte er von Ort zu Ort. Hier und da kam er durch schwere Arbeit wieder zu Geld, zwar nicht so viel, wie er zuvor besessen hatte, jedoch genug um seine Familie für einige Zeit ernähren zu können. Doch er wurde vom Pech verfolgt. Bevor er seiner Familie das Geld zukommen lassen konnte, wurde er entweder beraubt oder er ließ sein mühsam angesammeltes Geld unbedacht an einem Ort liegen, an den er sich dann nicht mehr erinnern konnte.

Die Zeit verging. Er wurde älter und schwächer, und nichts an seinem Schicksal schien sich zu bessern. *‚Arm am Beutel, krank am Herzen'*, machte er sich auf den Weg nach Hause. Er wanderte und wanderte und wanderte, durch Stadt und Land.

Vom Gefühl der Enttäuschung und des Versagens überwältigt, wurde er mitten in der Wüste plötzlich von jemandem angesprochen:

„Hey, guter Mann, bitte hol' mich aus meinem Gefängnis hier heraus! Dann könnte ich dir aus Dankbarkeit deinen größten Wunsch erfüllen. Ich stecke hier fest, mitten in diesem

Dornengestrüpp, seit sieben Tagen,
sieben Nächten, sieben Wochen
und sieben Monaten
– sogar seit sieben Jahren. Diese dicken,
messerscharfen Dornen stechen mich
erbarmungslos – Tag und Nacht.
Ich habe bestimmt Pickel überall im Gesicht.
Ich halte es nicht mehr aus!"

Karibi schaute auf und entdeckte einen handballgroßen Kürbis mitten im Dornengestrüpp.

„Wie? Kann ein Kürbis überhaupt sprechen?
Na sowas!", staunte er.

„Schon was vom Zauberkürbis gehört?
Da schaust du, was? Also, ich sag's dir nochmal:
Hol' mich hier raus und ich sorge dafür,
dass dein größter Wunsch in Erfüllung geht,
ohne mit der Wimper zu zucken!
Dein Schicksal liegt nun in deinen eigenen
Händen!", sagte der Zauberkürbis.

Karibi ließ sich nicht zweimal bitten. Er fuhr sofort mit seinen aufgeregten Händen in das wilde Gestrüpp hinein und zog den armen Kürbis vorsichtig aus seinem Gefängnis.

„Endlich mal ein schmerzfreies Leben!
Mein Gott, tut das gut, auf diesen Tag habe ich lange gewartet. Danke dir, guter Mann. Nun stehe ich dir zur Verfügung, denn versprochen ist versprochen und wird nicht gebrochen, sogar ich weiß das! Ein Kürbis – ein Wort!“

Karibi eilte mit dem Kürbis nach Hause. Als er dort ankam, herrschte eine große Wiedersehensfreude. Frau und Kinder waren ganz begeistert, dass der Mann und Familienvater noch am Leben war. Die Kinder freuten sich besonders auf den Kürbis. Allen lief das Wasser im Munde zusammen und sie freuten sich auf die lang ersehnte richtige Mahlzeit, als Karibi mahnte:

„Dieser Kürbis ist nicht zum Essen!
Das ist ein Zauberkürbis!“

Enttäuscht darüber, dass sie den Kürbis weder essen noch damit Fußball spielen konnten, fragten die Kinder sich, wozu man ihn überhaupt gebrauchen könne.

„Das werden wir gleich sehen
– lassen wir uns überraschen!“,
antwortete Karibi voller Spannung.

Kaum hatte er dem Kürbis gegenüber seinen einzigen Wunsch geäußert, er möge ihm und seiner Familie Essen besorgen, schon geschah das Wunder: Gerichte aller Art und Köstlichkeiten aus aller Welt türmten sich auf. Gebratener Reis und Nudeln prasselten vom Himmel herab, Pizza, Reis mit Fisch, Lammfleisch, usw.

Eine Ecke des Hauses sah bald aus wie eine Landebahn aus herbeigeflogenen gegrillten Hähnchen mit knusprigen Flügeln. Im Nu war das ganze Haus von allerlei Gaumenfreuden bedeckt, so dass man sich bald nicht mehr bewegen konnte. Das Haus platzte aus allen Nähten. Es duftete so betörend, dass Nachbarn aus Neugierde herbeieilten. Als ihnen die Tür geöffnet wurde, konnten sie nur noch staunen.

„Na sowas! Also, Leute, unter guter Nachbarschaft verstehe ich etwas anderes", meldete sich eine vorwitzige Frau.

„Warum habt ihr nicht gleich gesagt, dass ihr ein neues Restaurant eröffnet habt? Keiner von uns hätte sich solch ein üppiges Einweihungsfest entgehen lassen wollen."

Später, nachdem sich alle an den Köstlichkeiten gütlich getan hatten, nahmen sie von ihren großzügigen Gastgebern dankend Abschied.

„Ja, Karibi, alles Gute zu Deinem Restaurant, und falls du Hilfe brauchen solltest, sind wir für den Lieferservice gerne zu haben. Natürlich gegen eine kleine warme Mahlzeit. Das ist doch nicht zu viel verlangt?"

„Das braucht ihr nicht",
erwiderte Karibi.
„Wenn ihr Wünsche habt, kommt einfach zu mir und ich sorge dafür, dass sie erfüllt werden. Ich besitze neuerdings einen Zauberkürbis, der alles für mich macht",
prahlte er.

Als die Gäste aus dem Haus waren, sprach seine Frau ihn mit sanfter Stimme an.

„Hör mal, mein Schatz. Zauberkürbis hin, Zauberkürbis her, alles gut und schön, aber ich würde an deiner Stelle das Geheimnis für mich behalten, sonst kann es passieren, dass uns einer den Kürbis stiehlt. Und was wird dann aus uns?"

„Ach Quatsch!“, winkte Karibi ab. „Das ist wieder typisch. Ihr Frauen macht euch Sorgen, dort, wo’s gar nicht nötig ist. Der Kürbis war und ist mir. Ich habe ihn schließlich gefunden. Wer soll ihn stehlen? Erzählen darf ich doch davon.“

Es dauerte nicht lange und die große Befürchtung seiner Frau bewahrheitete sich. Karibi hatte weiterhin jedem in seinem Dorf, der es nur hören wollte oder auch nicht, von seinem Wunderkürbis erzählt, was ihm nicht nur Bewunderung, sondern schließlich auch einen Riesenärger einbrachte.

Der König war nämlich neidisch geworden. Er bestellte Karibi zu sich und beschlagnahmte ohne schlechtes Gewissen den berühmten Zauberkürbis.

Als Karibi daraufhin mit leeren Händen nach Hause kam und seiner Frau von dem unangenehmen Verlust erzählte, schämte er sich sehr. Er konnte seiner Frau kaum noch in die Augen schauen, seinen Kindern schon gar nicht.

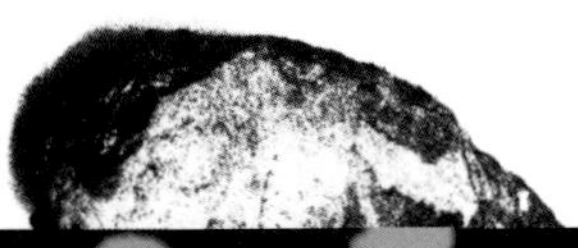

„Hm …“, dachte er,
„ … eigentlich sollte man öfter auf seine Frau hören! Jetzt weiß ich es.“

Er kratzte sich an seiner Halbglatze und schon hatte er einen Einfall. Er nahm seinen Pilgerstock und zog erneut in die weite Welt hinaus. Ob er je wieder einen solchen Zauberkürbis finden würde, war wohl sehr fraglich. Wie heißt es so schön: Wenn der liebe Gott einen beklatscht, soll man auch gleich lostanzen, denn manche Chance im Leben bietet sich nur einmal.

Sieben Tage, sieben Nächte, sieben Wochen und sieben Monate, sogar sieben Jahre irrte Karibi wieder in der Welt herum, jedoch vergeblich. Die Zeit ging nicht spurlos an ihm vorbei. Er wurde alt, schrumpelig, ratlos und schlaflos. Er fühlte sich schließlich armselig.

Staubig, abgemagert und tief in Gedanken versunken drang er in die Wüste vor, als er unglücklicherweise über einen Gegenstand stolperte und unsanft zu Boden fiel. Sein rechter Fuß schwoll bald an und sah aus wie der eines Elefanten. Als er sich mühsam wieder aufrichtete, entdeckte er zu seinem großen Ärger einen Stein, der ihn aufgebracht ansprach.

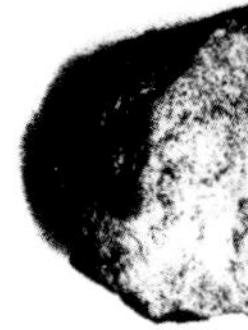

„Mensch, du hast mir weh getan!
Wo hast du denn deine Augen verloren?
Du könntest ruhig aufpassen, wo du die Füße hinsetzt, guter Mann, anstatt mir hier das Gesicht zu zerquetschen!"

„Wer hier aufzupassen hat, bist du!", protestierte Karibi, verärgert und mit erhobenem Zeigefinger über den Stein gebeugt.
„Außerdem ist die Wüste so weit und breit, du hättest dich ruhig auch woanders aufhalten können! Nur um mich zu Fall zu bringen, hast du dich absichtlich – das sehe ich – hierher gesetzt. Ich habe genug Kummer – wenn du nur wüsstest.
Ach, was soll ich hier noch meine Zeit vertrödeln mit solch einem hirnlosen, bösen Stein?"

Kaum war das Wort STEIN gefallen, flog dieser blitzschnell empor und knallte mit voller Wucht gegen Karibis Kopf. Dieser schrie auf und betastete eine Beule am Kopf.
„Was erlaubst du dir? Hör' auf zu lachen!
Warum hast du mich so übel zugerichtet?"

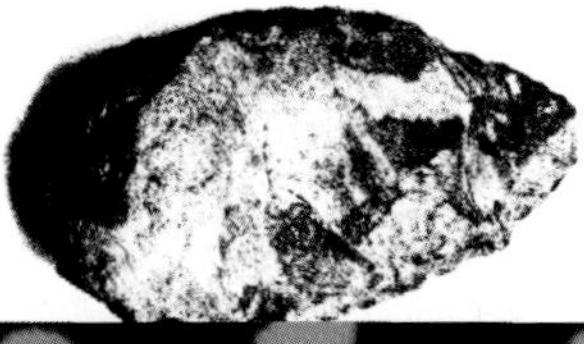

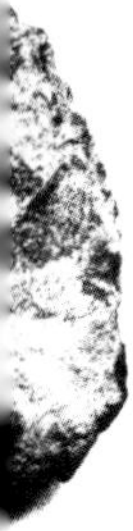

„Da du mich fragst, sag' ich es dir. Hör' gut zu! Nenne mich nie mehr STEIN! Ich bin zwar ein Stein, aber sieben Tage nach meiner Geburt wurde ich getauft. Seitdem heiße ich ‚Kayo-Kayo', merk' es dir, guter Mann!"

„Ach so, dann bitte ich um Vergebung, lieber St … - ähhm, Kayo-Kayo!", sah Karibi ein.

„Oh, guck an, noch was dazu gelernt? Nun, wie lautet dein Wunsch, den ich dir erfüllen soll?",

fragte Kayo-Kayo selbstsicher. Karibi strahlte über das ganze Gesicht. Er hatte gleich einen schlauen Einfall und seine Augen begannen zu glänzen wie Diamanten.

Er packte Kayo-Kayo in ein Tuch und rannte damit nicht etwa nach Hause, sondern zum König.

„Eure Hoheit, Eure Majestät, König aller Könige, ich möchte Euch von ganzem Herzen ein Geschenk machen", heuchelte er.

Der König packte das Geschenk sofort erwartungsvoll aus. Aber beim Anblick des Inhaltes war er äußerst enttäuscht und brüllte Karibi an:

„Du Halunke! Das ist doch nicht dein Ernst?
Was soll ich mit so einem dummen STEIN?“
Kaum hatte er das Wort STEIN ausgesprochen, landete der Stein voller Wucht an seinem Kopf. Der König stürzte vom Thron.

„Schaff' den verflixten STEIN sofort weg!“,
befahl er seinem Gast.

Und schon traf der Stein ihn erneut. Der bestrafte König rief seine Armee herbei und diese rückte mit Gewehren an. Jeder, ob Soldat oder Wächter, der das Wort STEIN sagte, wurde sofort von diesem attackiert.

Das ganze Haus war bald auf den Kopf gestellt. Dieses Chaos nutzte Karibi, er ergriff seinen Kürbis und rannte davon, so schnell ihn seine Füße trugen. Zuhause angekommen, sammelte er seine Großfamilie um sich und verließ mit ihr das Land.

Nach einer langen Wanderung ließ sich Karibi mit seiner Familie in einer öden Gegend nieder. Dort wünschte er sich wieder Reichtum.

Dank des zurückgewonnenen Zauberkürbisses wurde er mit Geld, Gold, Palästen, Häusern, Nahrung und allerlei Gütern überhäuft. Er teilte daraufhin sein Vermögen mit seiner Großfamilie, mit seinen Eltern und Geschwistern und deren Familien. Sogar neugierige Leute, die in Karawanen vorbei zogen, beschenkte er reichlich.

Da beschlossen diese Leute, bei ihm zu bleiben, und aus Dankbarkeit wurde er von ihnen zum König ernannt. Sein Königreich nannte er „Saraba, das Kürbisland“. Dort herrschte er glücklich und in Frieden, und bis ans Ende seiner Tage hörte er nur noch auf ….
auf wen wohl?

… seine liebe Frau!

An dieser Stelle fällt die Geschichte ins Meer,
und wer ihren Duft als Erster riecht, kommt ins Paradies.

DER BAUER UND DIE DREI AFFEN. WIE DER MENSCH DIE AFFEN ZU HAUSTIEREN MACHTE

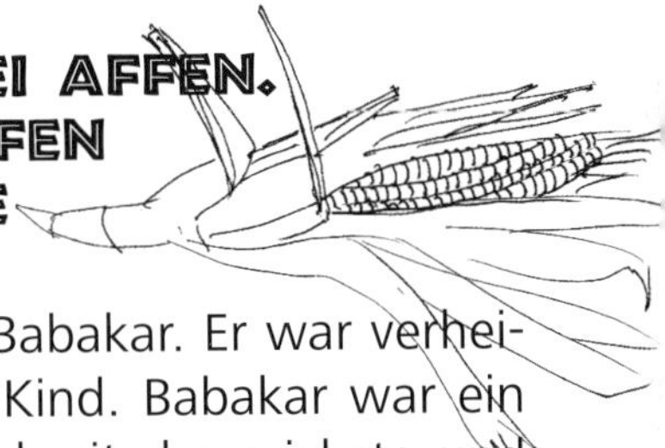

Es lebte einst ein Mann namens Babakar. Er war verheiratet und hatte nur ein einziges Kind. Babakar war ein fleißiger Bauer. Er war weit und breit der reichste und berühmteste Bauer, schließlich besaß er unendlich viele Felder, worauf alles wuchs, was die Erde Afrikas hergab: Reis, Hirse, Kochbananen, Süßkartoffeln, Granatäpfel, Hibiskus, Cashewnüsse bis hin zu Erdnüssen und Mais. Was Babakar am meisten bekannt machte, war vor allem seine Großzügigkeit. Man nannte ihn *„Nitu Yallah“*, den Mann Gottes. Wenn im September die Regenzeit fast vorüber war und die Ernte bevorstand, machte er seinem Namen alle Ehre, denn Babakar erntete nichts, ohne es mit den alten, kranken und armen Menschen zu teilen.

„Was soll ich hier alles für mich behalten, wo andere kaum zu essen haben. Wenn ich sterbe, nehme ich eh nichts mit ins Grab. Also teile ich es lieber mit meinen Mitmenschen. Vielleicht wird es dann dem einen oder anderen nicht schwer fallen mir zu helfen, wenn ich selbst nichts mehr habe“, pflegte er zu sagen.

Die Tage gingen ins Land, wieder war Erntezeit. Babakars Felder waren diesmal üppiger als je zuvor.

„Das wird wieder eine große Gaumenfreude. Sieh' dir das an, wie reif alles hier ist. Ich bin richtig stolz auf uns. Ich freue mich so sehr auf die baldige Ernte", schwärmte Malik, Babakars Sohn.

„Das gibt allerdings mehr Arbeit denn je. Schön wäre es natürlich, wenn du Geschwister hättest, die auch mithelfen könnten. Einige Hände mehr könnten wir allmählich gut gebrauchen. Aber was soll's, bis dahin habe ich bestimmt einen Rat", entgegnete Babakar zuversichtlich.

Babakar und Malik gingen strahlend wie die Morgensonne nach Hause.

Eine Woche später begaben sich Babakar und Malik wieder auf ihre Felder, um mit der Ernte zu beginnen. Doch dort erwartete sie eine böse Überraschung.

Jemand war in die Felder eingedrungen und hatte sich an allerlei Früchten gütlich getan. Die Unbekannten hatten alles gefressen, was ihnen nur vor die Mäuler kam.

Den Rest hatten sie regelrecht verwüstet. Als ihnen nichts mehr an Dummheiten, Streichen und Schabernack eingefallen war, hatte die Bande von Eindringlingen sogar angefangen, mit Kokosnüssen Fußball zu spielen und mit herausgerissenem Zuckerrohr Limbo und Stocktanz zu tanzen.

Als Babakar die Verwüstungen sah, stand er zuerst wie versteinert vor diesem unglaublichen Desaster, er war sprachlos. Dann wurden seine Augen rot und röter. Er kaute auf seinen Kolanüssen herum, die er plötzlich wie ein Drache gewaltig und laut auf den Boden spuckte.

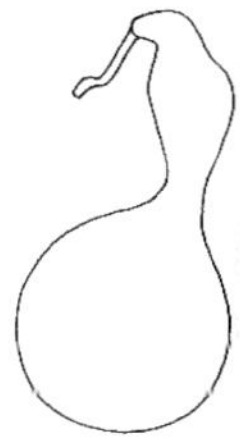

„Das ist gemein!", rief Malik entsetzt, „unsere ganze Freude ist dahin. Das waren bestimmt die bösen Geister."

Da sprach der Vater: „Von wegen böse Geister. Ich werde dir gleich sagen, wie sie heißen, denn ich ahne etwas."

Er beugte sich vornüber, um anschließend auf dem Boden herumzukriechen und entdeckte sofort große, menschenähnliche Fußspuren und tiefschwarze Haare.

Schon war ihm klar, wer die Übeltäter waren, die sich diesen geschmacklosen und unverschämten Scherz erlaubt hatten.

„Hiermit ist der Fall aufgedeckt."

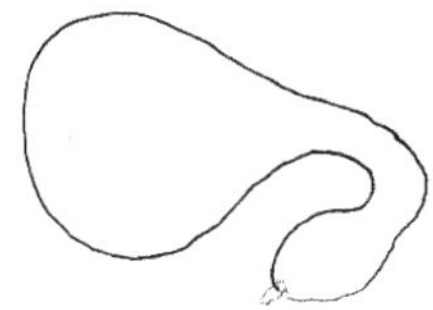

Malik fragte neugierig:
„Und wer war das jetzt,
wenn nicht die bösen Geister?"

„Affen waren das, und sonst niemand.
Lass uns nach Hause gehen. Ich werde ihnen eine einmalige Lehre erteilen."

So verbrachte Babakar einen ganzen Tag damit, einen Plan zu schmieden, wie er die Eindringlinge mit List stellen konnte.

Als der Tag zur Neige ging, begab er sich zum Tatort und legte sich auf den Boden, wo er regungslos mit einem Knüppel in der Hand verweilte. Kurz darauf kamen die drei Frechlinge vorbei. Nichtsahnend betraten sie ihr einverleibtes Revier und fingen gleich mit ihrem Affentheater vom Vortag an.

Sie waren wieder richtig im Spielrausch, als der Älteste plötzlich feststellte, dass ein Fremder auf dem Boden lag.

„He, Leute, da liegt einer …!"

rief er seinen Mitspielern zu, welche sofort das Spiel unterbrachen, um voller Neugier diese Entdeckung zu begaffen. Kaum waren alle um Babakar versammelt, gingen die Kommentare schon los:

„He, das ist bestimmt der Feldbesitzer. So steif, wie er hier liegt, wie ein Stockfisch, hat er bestimmt beim Anblick seines neu gestalteten Feldes einen Herzinfarkt bekommen. Und nun gehört uns alles. Lasst uns dieses Ereignis feiern."

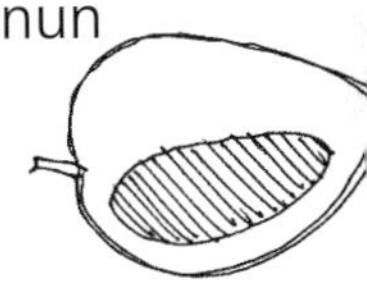

Die drei Affen fingen an zu singen und wild um Babakar herum zu tollen. Auf einmal bat der jüngste Affe die anderen um Ruhe.

„Hört mal", sprach er verlegen
„alles gut und schön, aber mir ist das alles nicht mehr ganz geheuer. Von wegen tot – dieser Mann lebt noch!"

„Oh nein", erwiderte der älteste Affe.
„Komm schon, Angsthase.
Das bildest du dir nur ein."

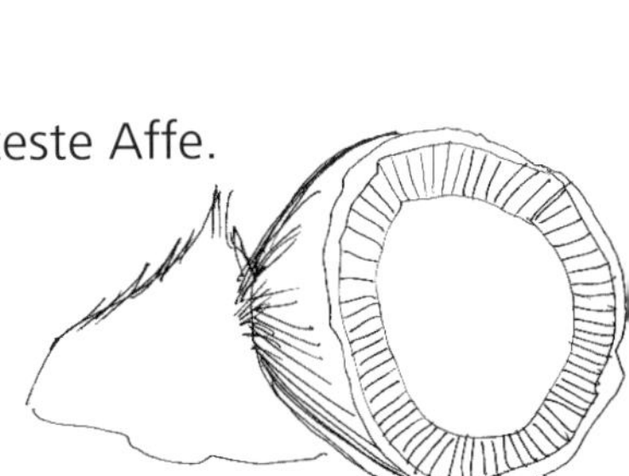

„Seine Nasenlöcher bewegen sich, und außerdem habe ich noch nie eine Leiche gesehen, die einen schweren Holzknüppel so fest in der Hand hält. Merkwürdig!“, sagte der Jüngste.

Ohne Rücksicht auf diese Befürchtungen ging die wilde Feier weiter. Weder Grimassen jeglicher Art noch freche Tanzschritte wurden dem Bauern erspart. Doch der wartete nur auf eine gute Gelegenheit. Pfeilschnell richtete er sich plötzlich auf und stellte die drei Gauner. Er schwenkte seinen Knüppel hoch in der Luft.

„Was fällt euch ein?“, brüllte er. Die Eindringlinge blieben wie versteinert stehen.
„Wer von euch hat die Idee gehabt,
meine kostbaren Felder so zu verwüsten?“,
fragte er zornig. Sofort hielt der erste Affe die Hände vor die Augen, der zweite die Hände auf die Ohren und der dritte die Hände vor den Mund. Keiner wollte es gewesen sein.

„Also gut“, setzte Babakar fort,
„ich könnte euch gleich erschlagen, aber diese Strafe ist mir nicht genug.

Statt dessen kommt ihr jetzt mit mir nach Hause und werdet mir von nun an zur Verfügung stehen. Ihr werdet mir allerlei Arbeiten zu Hause und auch auf dem Feld verrichten, ob es euch passt oder nicht."

Die drei schauten sich an, ihr neues Schicksal war unausweichlich. Kleinlaut entschuldigten sie sich unaufhörlich und folgten dem Bauern mit gesenkten Köpfen zu seinem Gehöft.

An dieser Stelle fällt die Geschichte ins Meer, und wer ihren Duft als Erster riecht, kommt ins Paradies.

WIE DER HUND ZU SEINER FEUCHTEN NASE KAM

Vor langer, langer Zeit hatte Gott die Tiere auf die Erde geschickt, um die Natur zu bewohnen. Nach und nach bevölkerten sie die Erde. Vom Elefanten bis zur Ameise, über den Fisch und den Vogel; alle waren sie gekommen. Gott versammelte sie vollzählig um sich und sprach zu ihnen:

„Ihr seid alle gut und wohlauf angekommen.
Ich wünsche euch eine gute Zeit auf Erden.
Vertragt euch und seid gut zueinander!"

„Ja, ja", antworteten alle leichthin und verstreuten sich.

Jede Tierart baute sich mit viel Phantasie ihre Bleibe. Die Löwen hielten sich in Höhlen auf, die Affen auf den Bäumen, die Termiten bauten sich Türme aus Erde und die Vögel legten ihre Nester auf die Äste der Bäume. Manch anderer, wie der Hund, wohnte hier und da im Freien.

Alle Tiere lebten friedlich zusammen, bis der Löwe und der Leopard sich zerstritten und heftig miteinander zu kämpfen begannen. Weder der Elefant mit seinem starken Rüssel noch die Giraffe mit ihrem langen Hals konnten die zwei Streitenden auseinander bringen.

Gott war über diesen Vorfall so erzürnt, dass er alle Tiere erneut zu einer Versammlung einberief.

„Ihr hattet mir versprochen, euch zu vertragen", sprach er.

„Aber ich weiß jetzt, dass ich mich nicht darauf verlassen kann. Hört, was ich euch zu sagen habe: Nach eurem Tod gibt es zwei Orte, wo ihr hinkommen könnt. Die Braven werden belohnt und kommen ins Paradies, die Bösen müssen zur Strafe in der Hölle schmachten."

Damit keine heimlich ins Paradies eindringen konnte, ernannte Gott den Hund zum Wächter.

„Hund, pass' gut auf, dass niemand unberechtigt ins Paradies hineinblicken oder gar dorthin gelangen kann."

Der Hund trat sein Amt an und bewachte das Paradies so beispielhaft und aufmerksam, dass Gott ihm dort einen Ehrenplatz versprach, wenn er einmal sterben würde. Dieses Versprechen machte den Hund immer neugieriger. Vor Aufregung konnte er kaum noch schlafen.

„Wie mag das Paradies wohl aussehen? Vielleicht kann ich einen kleinen Blick hineinwerfen?"

Er war hin- und hergerissen. Einerseits wollte er Gott nicht enttäuschen, andererseits war er so von der Neugierde getrieben, dass er diese nicht weiter unterdrücken konnte.

Als Gott ausgegangen war, um auf der Erde nach dem Rechten zu sehen, steckte der Hund vorsichtig seine Nase durch das große Tor ins Paradies. Kaum hatte er hineingeschnüffelt, wehte ihm ein äußerst wohlriechender, aber eiskalter Wind um die Nase. Diese Eiseskälte erschreckte den Hund so, dass er sofort seine Nase zurückzog. Doch dieser kurze Augenblick hatte genügt, um sich einen schrecklichen Schnupfen zu holen. Ununterbrochen musste der Hund niesen.

Als Gott von seinem Rundgang auf der Erde zurückkehrte, wurde er auf seinen erkälteten Paradieswächter aufmerksam und erkundigte sich, was geschehen sei. Da der Hund ein ehrliches Tier ist, erzählte er von seinem Vergehen. Der Allmächtige erwiderte:

> „Tja, Hund, das passiert, wenn man es im Leben zu eilig hat.“

Bis heute hat der Hund noch eine feuchte Nase.

An dieser Stelle fällt die Geschichte ins Meer, und wer ihren Duft als Erster riecht, kommt ins Paradies.

MINI-MINI, DIE SCHLANGE, DIE FÜSSE HABEN WOLLTE

Es lebte einst eine junge Schlange namens Mini-Mini. Eines Tages war sie mit ihrem Aussehen so unzufrieden, dass sie beschloss, das zu ändern. So kam es, dass sie mit ihrer Mutter darüber sprach.

„Ich finde ein Leben ohne Füße todlangweilig. Meine Vorfahren, meine Großeltern und sogar ihr, meine Eltern, kriechen seit eh und je auf dem Bauch herum. Ich habe das jetzt satt, ich möchte mich nicht mehr durch den Dreck schlängeln! Ganz davon abgesehen, ist mir das zu schlangweil … ! Äh, ….. langweilig. Ich will jetzt Füße! Ich will endlich springen wie die Gazelle, tanzen wie die Giraffe, trampeln wie der Elefant und von einem Baum zum anderen springen wie der Affe!"

„Du bist eine Schlange, und du bleibst eine Schlange. Keiner wird dir seine Füße schenken. Und wenn du es mir nicht glaubst, kannst du dich auf die Suche begeben."

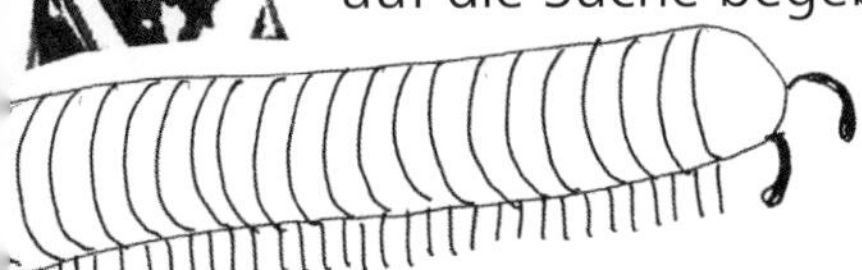

„Das tu' ich auch!"

So ging Mini-Mini entschlossen in den Wald. Unterwegs traf sie die Maus und kam gleich mit ihr ins Gespräch.

„Sag mir, liebe Maus, du hast doch vier Füße.
Könntest du mir vielleicht einen davon
abgeben?"

Entsetzt antwortete die Maus:
„Moment mal, du bist ja vielleicht lustig.
Ihr Schlangen verschlingt uns doch immer,
sogar ohne uns zu kauen. Und ich, ausgerechnet
ich soll dir noch eine Pfote abgeben? Was bildest
du dir denn ein? Geh mir bloß aus dem Weg!
Weißt du was:
Husch, husch, husch – ab in den Busch!"

Mini-Mini zog weiter und traf alsbald einen kleinen Vogel und sprach zu ihm:

„Sag, Picki-Picki, du hast doch zwei Flügel,
also brauchst du doch keine Füße. Könntest du
mir … wenn es dir nichts ausmacht … , vielleicht,
… deine Füße geben?"

„Wie bitte? Wie soll ich dann noch los fliegen und landen? Du willst wohl sehen, wie ich auf dem Schnabel lande? Kommt nicht in Frage, meine Beine kriegst du nicht. Mach, dass du fortkommst.
Weißt du was:
Husch, husch, husch – ab in den Busch!"

Mini-Mini zog enttäuscht weiter, bis sie zu ihrer großen Überraschung die Spinne traf.

„Na, Spinne?! Wie gut, dass ich dir begegne."

„Was willst du denn von mir?"

Ja, äh, du hast doch acht Füße.
Möchtest du mir nicht netterweise vier von deinen Füßen abgeben?"

„Hör mal, du siehst doch, dass ich am Weben bin. Wenn mir da vier Beine fehlen, wird das nichts mit dem Netz. Und ohne Netz, keine Fliegen. Und ohne Fliegen, kein Abendessen. Wie soll ich dann meine Kinder ernähren? Was du von mir willst, ist eine Zumutung. Nicht mal ein halbes Bein kriegst du von mir!

Weißt du was:
Husch, husch, husch – ab in den Busch!“

Verzweifelt zog die Schlange weiter. In traurige Gedanken tief versunken, stieß sie auf den Tausendfüßler.

„Oh Wunder! Genau der Richtige!“
jubelte Mini-Mini innerlich.
„Na, Kumpel?“,
begann sie mit schmeichelnder Stimme.
„Du bist meine Rettung. Könntest du mir
vielleicht einige deiner Füße geben?
Das macht dir bestimmt nichts aus.“

„Wie kommst du denn darauf? Du kannst dir
sicherlich vorstellen, dass ich Ersatzbeine
brauche, für den Fall, dass mir welche abfallen.
Weißt du was:
Husch, husch, husch – ab in den Busch!“

Nach so vielen Misserfolgen musste Mini-Mini einsehen, dass sie niemals zu Füßen kommen würde. Sie fand sich schweren Herzens damit ab und begab sich nach Hause.

„Und? Wo sind deine Füße?“
fragte ihre Mutter sehr gespannt.

Mini-Mini zuckte wortlos mit den Achseln. Auf dem langen Heimweg hatten sich Trauer und Enttäuschung in Rachegelüste gewandelt, und so giftete sie:

„Heute war nicht mein Tag. Keiner wollte mich verstehen. Alle waren böse zu mir. Aber ich werde es ihnen allen heimzahlen."

Wie gesagt, so getan.

Seit jenem Tag beißt die Schlange jeden, der ihr zu nahe kommt, an einer bestimmten Stelle.
Und wo? Das kann sich ja wohl nun jeder denken.

DER IGEL UND DER SCHAKAL

Es war einmal ein armer Igel, der seinen Bauch und seine Stacheln stundenlang in der Sahara-Wüste herumschleppte. Seine Einsamkeit machte ihm schwer zu schaffen.

„Mein Gott, ich kenne nichts Öderes
als die Wüste", fluchte der Igel.
„Niemand ist da, mit dem man reden kann. Weit und breit nichts zu sehen, nichts zu essen und schon gar nichts zu trinken. Ist das so langweilig!"

Jeden Tag irrte der Igel in der kargen Gegend umher, dabei schnüffelte er mit seinem spitzen Maul mal rechts, mal links, bis er zufällig auf einen Schakal stieß.

„Oh Wunder, welch ein Glücksfall! Friede sei mit
dir, mein Bruder. Wie froh bin ich, endlich
jemanden in dieser gottverlassenen Gegend
zu treffen!"
seufzte der Stachelträger.

„Friede sei mit dir", entgegnete der Schakal.
„Ähem … Ääh …., was hat denn deine Stacheln
hierher verschlagen?"

„Ich suche einen schlauen und angenehmen Bruder, der mich bei der Nahrungssuche begleitet", antwortete der Igel.

„Da bist du bei mir richtig, lass uns zusammen losziehen. Zu zweit macht es bestimmt mehr Spaß", willigte der Schakal ein.

„Oh, danke für dein Verständnis!
Du bist ein wahrer Bruder! Mit einem so schlauen Begleiter wie dir wird es bestimmt ein Erlebnis. Nun los, lass uns gehen!"

Der Schakal und der Igel brachen auf. Unterwegs unterhielten sie sich und tauschten gegenseitig Schmeicheleien aus. Sie legten viele Kilometer zurück und lachten viel miteinander, bis sie plötzlich auf ein totes Kamel stießen. Beide blieben wie versteinert stehen und starrten ihre Entdeckung an. Sowohl dem Schakal als auch dem Igel lief das Wasser im Maul zusammen, und der Schakal konnte sich nicht mehr zurückhalten:

„Oh Bruder, der Tag ist gerettet! Geh schnell Feuer besorgen, ich passe hier auf, bis du zurück kommst."

Der Igel schaute sich die gierigen Augen des Schakals an und wurde misstrauisch. Nach kurzem Überlegen hatte er einen Plan geschmiedet.

„Hör mal, Bruderherz. Noch nie was von kurzen Beinen gehört? Du hast doch viel längere Beine als ich. Alle Welt weiß doch, dass du der Rennmeister der Wüste bist. Es wäre besser, dass **du** Feuer suchst. Währenddessen passe ich schön auf unsere Beute auf."

Der kleine Schakal fühlte sich sehr geschmeichelt und rannte sofort los. Der Igel wartete so lange, bis der Schakal nicht mehr zu sehen war. Er zerlegte das Kamel in Stücke und vergrub diese im Sand, direkt neben einer Düne. Er verwischte seine Spuren, um keinen Verdacht aufkommen zu lassen. Daraufhin nahm er den Schwanz des Kamels, den er vorher beiseite gelegt hatte, und steckte ihn in den Sand. Nur die haarige Spitze ragte wie ein Pinsel heraus.

Kaum war der schlaue Igel mit seinem Werk fertig, sah er den Schakal in der Ferne. Stolz trug dieser einen glühenden Stock zwischen den Zähnen. Der Igel rannte auf den Schakal zu, riss ihm den Stock aus dem Maul und warf diesen auf den Boden.

„Was machst du denn da, du ungehobelter Flegel! Ich bin in der Wüste wie ein Irrer umhergerannt, und nun wirfst du das Feuer weg! Bist du verrückt geworden?“
schimpfte der Schakal entsetzt.

„Nein, nein. Beruhige dich, Bruder.
Dein Feuer bringt uns leider nicht weiter.
Das Kamel ist verschwunden.“

„Wie!? Verschwunden? Moment mal. Wie hast du es geschafft, dass ein ganzes Kamel verschwindet und du nichts davon bemerkst? Hör mal, das war ein Kamel und kein Chamäleon. Also wirklich! Ich hielt dich immer für klug, und nun erzählst du mir so einen Schwachsinn!“

„Nun mal langsam, mein Bruder. Hör mir bitte zu. Das Kamel war gar nicht tot. Es war nur eingeschlafen.

Unsere Anwesenheit hat es geweckt, es stellte sich aber tot. Als es mitbekam, dass wir es braten wollten, hat es insgeheim seine Flucht vorbereitet. Kaum warst du weg, ist es aufgestanden und hat sich im Sand vergraben. Nun sag mir, wie hätte ich – so klein wie ich bin – solch ein Riesentier daran hindern können? Ich hatte es sogar versucht, aber vergeblich. Es grub weiter, und ich tat so, als würde ich nicht hingucken. Aber ich hatte es keinen Moment aus den Augen verloren.
Als es fertig war, habe ich dann mit Geschick, Intelligenz und Fingerspitzengefühl seinen Schwanz unauffällig heraus geschaufelt und zwischen den Zähnen festgehalten. Erst vorhin, als ich dich sah, habe ich ihn losgelassen, um mit dir zu sprechen.
Nun mach dir bloß keine Sorgen, ich hab alles im Griff. Ich schwöre es dir, Bruder, bei den Stacheln meines Vaters!"

„So, so. Nun lass mich mal. Es wird mir sicherlich nicht schwer fallen, dieses freche Kamel aus seinem Versteck herauszuziehen. Mit solchen Fällen kenne ich mich bestens aus, und kräftig genug bin ich allemal!", prahlte der Schakal.

„Reg dich doch nicht auf, Bruder! In solchen Fällen muss man vor allem die Ruhe bewahren und nicht so hektisch sein. In der Ruhe liegt die Kraft. Verstehst du, was ich meine?"

Der Schakal war offensichtlich von dem ganzen Gerede genervt. In seiner Ungeduld stieß er den kleinen Igel wutentbrannt zur Seite, so dass dieser sich unsanft überschlug und über den warmen Sand kugelte. Diesen Moment nutzte der Schakal, er stürzte zu dem Schwanz und wollte das Kamel mit einem Ruck herausreißen – und flog mit dem Schwanzpinsel in der Hand in hohem Bogen durch die Luft.

„Na toll!", ließ der Igel sich vernehmen, „das war ja wieder typisch. Was hast du jetzt davon? Das Kamel ist nun für immer verschwunden. Oh nein, du und deine Dickköpfigkeit."

„Na und?"

„Es ist aber nicht so schlimm. Wir haben immerhin den Schwanz. Ich schlage vor, wir teilen ihn brüderlich."

„Teilen? Hab' ich richtig gehört?
Nie im Leben! Und mit dir schon gar nicht!",
giftete der Schakal.
Er hob den Schwanz auf und rannte davon.

Als der Schakal nicht mehr zu sehen war, brach der Igel in Gelächter aus. „Ha, ha, ha! Dass ich nicht lache!" rief er dem Schakal hinterher. „Du hast nur diesen lächerlichen, mageren Schwanz, um deinen Hunger zu stillen. Na lauf doch, du Schlaumeier, ich werde dich nicht daran hindern. Ich habe alles, was ich brauche. Im Gegensatz zu dir werde ich die nächste Zeit bestimmt keinen Hunger leiden müssen. Darauf kannst du dich verlassen, mein Lieber."

So kam es, dass der Igel jedes Mal genüsslich vor sich hin schmunzeln muss, wenn er an den Schakal denkt. Seit diesem Vorkommnis sind Igel und Schakal große Feinde.

An dieser Stelle fällt die Geschichte ins Meer,
und wer ihren Duft als Erster riecht, kommt ins Paradies.

DER MANN, DER BEHAUPTETE, EIER LEGEN ZU KÖNNEN

Vor langer, langer Zeit lebte in einem afrikanischen Dorf ein junger Mann, der Eier über alles liebte. Er liebte sie so sehr, dass er sich heimlich wünschte, Eier legen zu können.

Wo immer er welche sah, machte er sich wie berauscht über sie her und nahm die Kostbarkeiten freudestrahlend mit nach Hause. Er war für seine Leidenschaft so bekannt, dass man ihn „nenonene“, „Eiermann“, nannte. Er hatte es auf alle Arten von Eiern abgesehen und pflegte daher weite Kleidung mit großen Taschen zu tragen, um für alle Fälle gerüstet zu sein.

Eines Tages war Nenonene in ein wunderschönes Mädchen eines Nachbardorfes verliebt. So beschloss er, das Mädchen namens Fanila zu besuchen, um ihm etwas näher zu kommen. Wie es bei einem angekündigten Besuch eines jungen Mannes üblich war, hatte Fanila ihre Freundinnen dazu eingeladen. Als alle eingetroffen waren, wurde der Tee serviert, den die Mädchen mit Liebe zubereitet hatten. Man redete und lachte viel, so witzig und unterhaltsam war Nenonene an diesem Tag. Alle waren restlos von ihm begeistert.

Als zwischendurch Ruhe einkehrte, fragte er verlegen, wo die Toilette sei, er müsse nur kurz weg. Zu seiner großen Freude entdeckte er auf dem Weg – einen Hühnerstall! Auf einmal war der Tee vergessen, die Mädchen waren vergessen, auch Fanila war vergessen. Er schlich in den Stall und fand viele Eier, die er ruhigen Gewissens in seine großen Kleidertaschen gleiten ließ. Es waren genau 27 Stück.

Dann ging er zu den Mädchen zurück. Er entschuldigte sich: „Nehmt es mir nicht übel, ihr Lieben, ich muss schnell nach Hause, ich habe nämlich noch etliche Hausarbeiten zu verrichten. Danke für eure Gastfreundlichkeit."

Alle waren erstaunt, dass Nenonene es plötzlich so eilig hatte, so eilig, dass er sich von niemandem, besonders nicht von Fanila, bis zum Hoftor begleiten ließ.

„Friede sei mit dir, und komm bald wieder. Wir vermissen dich jetzt schon."

Er hastete durch den Innenhof auf das Tor zu, und da passierte es. Er hatte nicht gewusst, dass Löcher in den Kleidertaschen waren. Und so kam es, dass ein Ei nach dem anderen aus den Taschen fiel und er eine Eierspur hinter sich ließ.

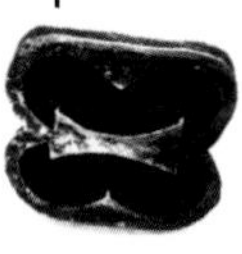

Doch Nenonene war um Worte nicht verlegen, diese peinliche Situation überspielte er vor den Mädchen, indem er ihnen zurief:

„Keine Panik! Ich erkläre Euch das. Ich habe mich bei euch sehr wohl gefühlt und mich gefreut, und bei meinem Volk ist es üblich, dass Jungen aus lauter Freude Eier legen." Bevor die Mädchen reagieren konnten, war Nenonene schon aus dem Hoftor. Seit diesem Tag ließ er sich nicht mehr blicken.

An dieser Stelle fällt die Geschichte ins Meer,

und wer ihren Duft als Erster riecht, kommt ins Paradies.

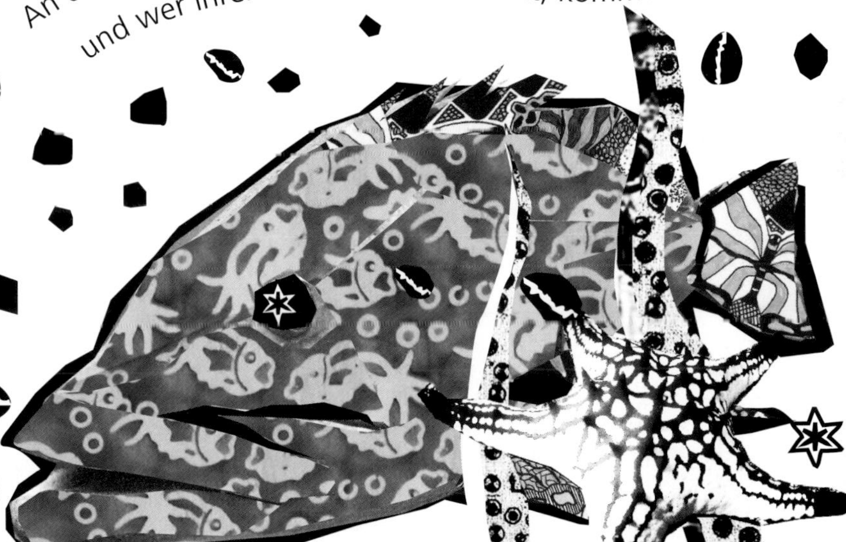

WIE EIN ARMER BAUER ZUM KÖNIG WURDE

Vor langer, langer Zeit lebte ein Bauer, Saloum Djebateh, bei seinen Eltern in dem Dorf Malikunda. Er und seine Eltern waren sehr arm und lebten mehr schlecht als recht vom Ackerbau. Saloum war äußerst fleißig, er half seinen Eltern, wo er nur konnte. Sein größter Wunsch war:

„Wenn ich eines Tages reich bin, möchte ich meine Eltern nicht mehr arbeiten sehen. Ich werde alles für sie tun und für sie sorgen, genau so, wie sie für mich mühsam gesorgt haben, ganz nach dem afrikanischen Spruch ‚Eltern sorgen für ihre Kinder, bis sie ihre 32 Zähne haben. Dann aber sorgen die Kinder für ihre Eltern, bis sie ihre 32 Zähne verloren haben.' "

Es kam jedoch nie dazu, dass Saloum seinem Wunsch gemäß handeln konnte, denn beide Eltern erkrankten und starben.

Kurz nach ihrer Beerdigung beschloss Saloum auszuwandern, um eine neue Heimat zu finden. An einem neuen Ort wollte er über seinen Schmerz hinwegkommen.

So brach er auf ins Ungewisse. Er wanderte mutterseelenalleine, bis er in der Dämmerung in einem Dorf ankam. Er ließ sich zum König führen und berichtete ihm ausführlich über sein Schicksal und sein Vorhaben. Zutiefst berührt nahm ihn der König gerne auf und gab ihm sogar eine kleine Hütte in seinem Dorf Bombolong, unter der Bedingung, dass er sich an die Regeln des Dorfes halte.

Die Tage gingen ins Land. Saloum nahm an allerlei Aktivitäten teil und trug zum Wohlergehen des Dorfes bei. Er war immer hilfsbereit und respektvoll und wurde bald zum Liebling der alten Menschen und auch der jungen Frauen, die ihn sehr mochten.

Eines Tages gingen die Frauen wie üblich an den Fluss, um ihre Wäsche zu waschen. Da sahen sie ein Krokodil, ein großes Krokodil. Erschrocken rannten sie voller Panik ins Dorf zurück, um die Männer zu Hilfe zu holen. Doch keiner von den Männern traute sich, diese Herausforderung anzunehmen. Ausreden jeder Art waren ihnen willkommen. Die einen waren plötzlich wie aus heiterem Himmel krank, andere mussten – so leid es ihnen auch täte – verreisen.

Die Nachricht verbreitete sich im Dorf wie ein Lauffeuer und sorgte für große Aufregung. Der König ließ eine Vollversammlung einberufen und kündigte an, wer die Bestie töten würde, dem würde er seine einzige Tochter zur Frau geben. Ein Raunen ging durch die Menge, die Leute schauten sich gegenseitig gespannt an, aber kein Freiwilliger trat vor. Totenstille breitete sich aus.

Da erhob sich Saloum und ergriff das Wort: „König! Ihr Dorfältesten! Ich bin zwar nicht von hier, aber da ihr mir erlaubt habt, in eurem Dorf eine neue Heimat zu finden, will ich hier und heute meine Dankbarkeit erweisen und nehme die Herausforderung an, koste es, was es wolle. Das schwöre ich beim Kopftuch meiner Mutter und beim Gürtel meines Vater!" Wieder ging ein Raunen durch die Menge.

Saloum, ausgerüstet mit Machete, Pfeil und Bogen, begab sich zum Fluss, gefolgt vom ganzen Dorf. Vorsichtig ging er in den Fluss und schlug immer wieder mit einem Stock ins Wasser. Plötzlich traf der Stock auf einen Gegenstand, das Wasser spritzte auf und gab einen Blick auf den Schwanz des Krokodils frei. Die Dorfbewohner schrien auf und erstarrten.

Saloum stürzte sich mit der Machete auf das Krokodil und hieb auf es ein. Er packte den Schwanz und zog das tote Tier aus dem Wasser. Alle Dorfbewohner jubelten dem Helden zu.

An jenem Abend wurde eine große Hochzeitsfeier ausgerichtet. Saloum wurde vom König persönlich geehrt, erhielt die Königstochter zur Frau und zog in den Königshof ein. Dort lebte er glücklich und zufrieden und wurde sogar zum unumstrittenen Thronfolger.

Was aber niemand außer Saloum wusste: das Krokodil, das er im Fluss so heftig attackiert hatte, war ein bereits totes Tier gewesen.

Und bis zum heutigen Tage besingt man Saloum für seinen Mut.

Saloum Djebateh,
Ninki Nanka ma sama
Allale Saloum wo
Ninki Nanka ma sama

Saloum Djebateh,
du hast den Wasserdrachen bezähmt.
Es lebe Saloum,
du hast den Wasserdrachen bezähmt.

An dieser Stelle fällt die Geschichte ins Meer,
und wer ihren Duft als Erster riecht, kommt ins Paradies.

DER LÖWE, DIE HYÄNE UND DER GEIER

Vor langer Zeit lebte äußerst zufrieden der Löwe Simba, König aller Könige. Er hatte genug zu essen. Immer, wenn er von der Jagd kam, brachte er reichlich Beute mit. Nur die Einsamkeit machte ihm zu schaffen.

An einem jener Tage, an denen eine strahlende Sommersonne herrschte und ein warmer Wind vom atlantischen Ozean herüberwehte, genau an einem solchen Tag, nach dem Mittagessen, beschloss der Löwe, sich draußen vor seiner Höhle aufzuhalten, um das schöne Wetter beim Verdauen zu genießen. Er gähnte und gähnte, bis er schließlich einschlief. Das angenehme Rauschen der Blätter trug dazu bei, dass er sogar träumte und dabei schnarchte.

Da drehte wie zufällig die Hyäne ihre Runde und entdeckte dicht neben dem Löwen dessen Beute, eine angefressene Antilope. Sie überlegte nicht lange und schlich sich übermütig an, um die Antilope heimlich weg zu zerren. In diesem Augenblick gähnte der Löwe so laut, dass die Hyäne vor Schreck über seine Pranken stolperte und blitzartig die Flucht ergriff.

Der Löwe erwachte und rief ihr nur blasiert hinterher:

„Ach, du bist es, Hyäne. Du brauchst dich doch nicht vor mir zu fürchten! Ich kann mir vorstellen, dass du großen Hunger hast, nun komm' schon her. Du kannst ruhig mitessen."

Der Hyäne war diese Einladung nicht geheuer.

„Ich glaube dir kein Wort", meinte sie.

„Ach was", erwiderte der Löwe, „ich bin eh schon satt. Du weißt nicht, was du bei dieser Antilope verpasst. Ich habe sie erst vor Kurzem erlegt. Wenn ich schon so viel Fleisch habe, möchte ich es doch nicht alleine essen. Zusammen macht es mehr Spaß. Teilen ist das Schönste, was es auf dieser Welt gibt. Du bist herzlich eingeladen, wir können uns gegenseitig Gesellschaft leisten."

In ihrer Gefräßigkeit ließ die Hyäne sich leicht überreden.

„Lass es dir schmecken", wünschte der Löwe seinem Gast.

Beide waren gemütlich am Essen, als ein Geier interessiert die Szene beäugte.

„Hallo Leute, einen Guten Appetit darf ich euch wünschen. Wärt ihr vielleicht so nett, mir den Rest eurer prächtigen Mahlzeit zu gönnen, wenn ihr fertig seid? Mir knurrt der verflixte Magen schon seit heute Morgen", meldete sich der Geier.

„Ach was, wenn du schon fragst, bist du natürlich herzlich eingeladen. Was für zwei reicht, reicht auch für drei", sagte der stolze Gastgeber.

Nachdem die drei sich gut versorgt hatten, erzählten sie sich lustige Geschichten zur großen Freude des Löwen. Beim Verabschieden äußerte der begeisterte Gastgeber einen Wunsch: er könne sich gut vorstellen, mit den beiden eine Art Wohngemeinschaft in seiner Höhle zu gründen. Sie sollten sich nur an eine Bedingung halten, und zwar: keiner dürfe dem anderen etwas stehlen.

Die Hyäne und der Geier waren sofort hocherfreut. Schnell einigten sich die drei Genossen und bezogen an jenem Tag gemeinsam die Höhle. Das Zusammenleben verlief in schöner Harmonie, die jedoch nur von kurzer Dauer war.

Bald darauf brachte der Löwe eine noch viel prächtigere Antilope, genug Fleisch für alle.

Er lud seine Höhlennachbarn auf eine köstliche Mahlzeit ein.

An diesem Nachmittag war es kühl, deshalb entfachte er ein kleines Feuer. Bevor er die Antilope zubereitete, zog er sich noch zu einem kleinen Mittagsschläfchen zurück. Er gähnte und schnarchte hemmungslos und träumte sogar entzückt vor sich hin. Der hungrigen und ungeduldigen Hyäne dauerte es zu lange. Da beschloss sie, die Antilope heimlich ganz alleine zu fressen.

Kaum hatte sie die Zähne in die Beute des Löwen geschlagen, erwachte der Löwe. Patsch, verpasste er ihr einen Prankenhieb auf's Hinterteil, und die Hyäne landete unsanft in der Glut des kleinen Feuers. Die Funken stieben auseinander, ein Funke landete auf dem Kopf des Geiers. Vor Schreck flatterte der Geier hoch und aus der Höhle hinaus, dicht gefolgt von der sabbernden Hyäne.

Seitdem ist der Geier kahlköpfig, und seitdem hat die Hyäne ihren typischen Gang, als wolle sie ihr angesengtes, schmerzendes Hinterteil in der Erde kühlen.

An dieser Stelle fällt die Geschichte ins Meer,
und wer ihren Duft als Erster riecht, kommt ins Paradies.

DJINAH UND GUINAAR
DIE GESCHICHTE VON DER MAUS UND DEM HAHN

Es geschah vor langer, langer Zeit – in der Zeit der Ahnen, als Nit , der Mensch, sich Guinaar, den Hahn, zu sich nach Hause holte. Guinaar war nun ein Haustier und wurde von Nit versorgt.

Der Mensch baute ihm einen wunderbaren, mit Stroh ausgelegten Stall und einen schönen Hof drumherum, der mit einem Zaun umgeben war. Gleich nach dem ersten „Kokeriko!“, wenn Guinaar des Morgens erwachte, streute ihm Nit Futter in den Stall. Für Guinaar war es ein Genuss durch den Stall zu stolzieren und das köstliche Getreide aufzupicken.

Neidvoll beobachtete dies Djinah, die Maus, die sich ihr Futter, wie Maiskörner und Hirsesamen, unter Mühen aus dem Misthaufen besorgen musste. Doch da kam ihr eine Idee. Als der Hahn eingeschlafen war, schlüpfte die kleine Maus leise in Guinaars Stall und sammelte einfach ein paar von den herumliegenden Körnern auf. Aus dem Schlaf aufgeschreckt, flatterte Guinaar aufgeregt aus seinem Nest.
„Schetetetete … Ist das nicht Djinah?"

Die Maus, klein und frech, wie sie nun mal war, erwiderte: „Ist das nicht Guinaar?"

Der Hahn war aufgebracht.
„Wer hat dir erlaubt, in meinem Stall zu frühstücken? Geh' zu deinem Misthaufen zurück, wo du herkommst!"

„Sei nicht so überheblich. Die Erde und alles, was auf ihr ist, gehört uns allen!", widersprach die kleine Maus. Wütend hackte der Hahn mit seinem Schnabel in Djinahs Schwänzchen und jagte sie aus dem Stall.

Betrübt von dieser Ungerechtigkeit und gequält von Schmerzen, saß die kleine Maus weinend auf dem Misthaufen. Sie überlegte verzweifelt, wie sie es dem Hahn heimzahlen könne. Mit der Zeit reifte ein Gedanke in ihrem kleinen Hirn heran.

Eines Abends, als der Hahn schlafen gegangen war, schlich sie sich in den Stall. Als sie sich vergewissert hatte, dass Guinaar tief und fest schlief, begann sie mit ihrem Werk. Sie hackte mit ihren spitzen Vorderzähnchen immer wieder in die Fußsohlen des Hahnes und pustete stets sorgsam auf die frischen Wunden, damit dieser von den Schmerzen nicht aufwachte. Die ganze Nacht über entstanden winzige Bisse, auf die die Maus immer wieder blies. Als der Morgen dämmerte, nahm Djinah noch ein reichliches Frühstück und schlich davon.

Bei Sonnenaufgang erwachte der Hahn. Er schüttelte sein Federkleid und begann sofort mit seinem Tagewerk.

„Kokeriko! Guten Morgen, wer mich hört!", krähte er und flatterte aus seinem Nest.

Als seine Füße den Boden berührten, schrie er vor Schmerzen auf. Seine Sohlen waren angeschwollen und überall waren kleine blutige Stellen zu entdecken.

Der Hahn wunderte sich, was geschehen sein könnte, bis er auf dem Stallboden kleine schwarze Kügelchen entdeckte, die nach Maus rochen. Er verfolgte die Spur und fand sich schließlich vor dem Misthaufen wieder. Um der Rache des wütenden Hahnes zu entkommen, grub sich die Maus ein kleines Loch und verschwand darin.

So wisst ihr nun, warum die Fußsohlen der Hühner so rauh und angeschwollen sind und weshalb sich die kleinen Mäuse in Löchern verstecken.

Und apropos – seitdem scharren die Hühner im Sande. Warum, kann man sich denken.

An dieser Stelle fällt die Geschichte ins Meer,

und wer ihren Duft als Erster riecht, kommt ins Paradies.

WARUM MAN NICHT ALLE GEHEIMNISSE VERRATEN SOLL

Vor langer, langer, sehr langer Zeit, als die Tiere einander noch nicht genau kannten, versuchten sie sich näher zu kommen. Man grüßte sich höflich, wenn einer dem anderen über den Weg lief. Tagsüber ging jedes Tier seiner Beschäftigung nach und abends, wenn alle von der Jagd zurückkamen, trafen sich alle Tiere am Brunnen, um sich auszutauschen und sich näher zu kommen. Im Laufe der Zeit kam es zu wahren Freundschaften und sogar zu Eheschließungen. So kam es, dass die Giraffe und der Hase ein Ehepaar wurden.

Die Zeit verging, die Regenzeit war vorüber. Um die gute Ernte seiner Untertanen zu feiern, kam König Simba, der Löwe, auf die Idee, alle Tiere bei sich zu Hause zu begrüßen. Simba veranstaltete eine große Feier. Es gab genug zu fressen und es floss der beste Palmwein weit und breit. Gegen Morgen, als fast alle Gäste betrunken waren, erreichte die gute Stimmung ihren Höhepunkt. Es wurde heftig getrommelt und getanzt und viele Witze wurden erzählt. Als die ersten Sonnenstrahlen die Erde streichelten, war es jedoch Zeit, Abschied voneinander zu nehmen. Alle bedankten sich recht herzlich bei Simba für seine gelungene Feier.

Der Hahn und die Katze gingen einen gemeinsamen Heimweg, da fiel dem Hahn eine Frage ein, die er der Katze immer schon stellen wollte.

„Sag' mir mal, meine liebe Freundin, wir kennen uns schon so lange und sind gute Nachbarn, aber ich muss feststellen, dass du nie auf meine Einladungen eingehst. Darf ich wissen, ob du vielleicht etwas gegen mich hast?", fragte er traurig.

„Na ja, ich mag dich zwar", antwortete die Katze, „aber ich habe Angst vor der roten Flamme, die du auf deinem Kopf trägst."

„Ha,ha,ha, dass ich nicht lache!" spottete der Hahn. „Das ist doch harmlos. Es ist doch kein Feuer sondern meine Krone. Der Löwe nennt es einen Kamm, was ich auf dem Kopf trage. Und glaub' mir, daran kannst du dir die Tatzen nicht verbrennen. Niemals! Du kannst meine Krone gerne anfassen, das ist nur Fleisch, es passiert dir nichts. Ehrenwort!" meinte der Hahn und hielt seinen Kopf der Katze naiv entgegen.

Die undankbare Katze biss zu und fraß den Hahn auf, ohne mit der Wimper zu zucken. Seit diesem Tag fürchten sich die Hühner vor den Katzen.

MBOTT UND KAKATAR
DIE GESCHICHTE VOM FROSCH UND DEM CHAMÄLEON

Vor langer, langer Zeit erlangte Kakatar, das Chamäleon, die Fähigkeit die Zunge weit herausschnellen zu lassen und seine Farbe zu wechseln. Die anderen Tiere waren von diesem Können so überwältigt, dass sie Kakatar zum Medizinmann auserkoren, wodurch dem Chamäleon noch weitere geheime Fähigkeiten zuteil wurden.

Es war eine Zeit der Dürre und es herrschte große Hungersnot. Die stärkeren Tiere jagten die Schwachen, und so mussten die kleineren Tiere sich allerhand einfallen lassen, um sich zu schützen. Manche bauten sich Höhlen wie die Erdmännchen oder die Mäuse; andere, wie zum Beispiel der Igel, legten sich Stacheln zu. Nur Mbott, der Frosch, hatte keine rettende Idee. Solange er auch darüber nachsann, er fand keine geeignete Lösung für sein Problem. Schließlich ging er zu Kakatar und fragte um Rat. Zitternd stand er unter dem Baum, auf dem das Chamäleon saß, und flehte:

> „Bitte hilf mir! Ich bin so klein und weiß nicht, wie ich mich schützen kann. Ich habe eine so große Angst davor, gefangen und aufgefressen zu werden."

Kakatar hatte Mitleid mit dem kleinen Frosch:

„Ja, für dich ist es wirklich schwierig, Schutz zu finden. Da du so klein und hilflos bist, werde ich dir helfen.“ Er reichte ihm einen Trank und sprach:

„Dieser Saft wird dir eine übermäßige Kraft verleihen. Du kannst ihn trinken, wenn du bereit bist, die an ihn geknüpfte Bedingung zu erfüllen: niemals darfst du die Macht, die du durch ihn erhälst, missbrauchen!“

„Da kannst du dich vollkommen auf mich verlassen“, entgegnete der Frosch erleichtert, trank gierig und wusste, dass er nun vor jeder Gefahr geschützt war.

Zufrieden zog sich der Frosch zurück. Doch bald schlug die anfängliche Dankbarkeit in Übermut um. Als Mbott feststellte, wie kräftig und unverletzbar er geworden war, beschloss er, die Herrschaft über alle Tiere zu gewinnen. So bestellte er alle – bis auf das Chamäleon – zu sich und erklärte:

„Von nun an bin ich der Herr über alle Tiere und fordere denjenigen zum Kampf heraus, der widersprechen möchte.“

Keines der anderen Tiere nahm den kleinen Frosch ernst. Tudumalambaye, die Schlange, kringelte sich vor Lachen und zischte:

„Zische! Zische!“.

Mit einem Satz sprang Mbott auf die Schlange zu, packte sie am Kopf und drohte, sie zu ersticken. Entsetzt sahen die anderen Tiere diesem Schauspiel zu. Wie konnte ein Frosch, der sonst bei der kleinsten Gefahr das Weite suchte, eine Giftschlange im Kampf besiegen!

Leuk, der listige Hase, versuchte als Nächster sein Glück. Doch Mbott zog seine Ohren noch ein Stückchen länger und schleuderte ihn hoch in die Luft, sodass der arme Hase recht unsanft auf einem Feld landete. Selbst das Nilpferd und der Löwe mussten sich dem Frosch geschlagen geben.

Mame Niay, der alte Elefant, den sonst nichts so schnell aus der Ruhe bringen konnte, erhob seinen massigen Körper. Mit hoch gestrecktem Rüssel und weit aufgestellten Ohren rannte er trompetend auf Mbott zu. Alle hielten den Atem an. Bubu Golo, der Affe, schlug die Hände vors Gesicht.

Der Frosch ließ sich jedoch nicht einschüchtern. Mit einem großen Satz sprang er genau in Mame Niays Ohr.

Dort quakte er so laut, dass der alte Elefant glaubte verrückt zu werden. Mit seinem großen Rüssel versuchte er den Störenfried in seinem Ohr loszuwerden, doch vergeblich. Er begann, sich wild um sich selbst zu drehen.

Durch das Gestampfe wurde der ganze Urwald wie bei einem Erdbeben erschüttert. Die Bäume zitterten so stark, dass Kakatar, das Chamäleon, beinahe von einem Ast gefallen wäre. Es machte sich auf den Weg, die Ursache des entsetzlichen Bebens zu erkunden und wunderte sich sehr, als es schließlich auf die Versammlung der Tiere stieß und den leidenden Elefanten sah. Als die anderen Tiere berichteten, was vorgefallen war, wurde Kakatar zornig.

„Du hast mir ein Versprechen gegeben, das du nicht gehalten hast. Zur Strafe seien dir alle Kräfte genommen und du sollst den Rest deines Lebens an einem der ungemütlichsten Orte verbringen, die es gibt."

Wie gesagt, so getan. Mit seiner langen Zunge fing das Chamäleon den Frosch ein und schleuderte ihn in hohem Bogen durch die Lüfte.

„Platsch!“, machte es, als Mbott unsanft im Bodenschlamm eines Teiches landete, wo er bis heute scheu und verschämt lebt.

DER WÄHLERISCHE PRINZ

Ein König und seine Frau hatten Zwillinge. Der Junge hieß Samba, das Mädchen nannte man Sara. Samba wuchs heran und wurde bestens erzogen und ausgebildet. Er war der schönste Jüngling weit und breit und wurde von allen Frauen umschwärmt. Als er das Heiratsalter erreichte, zeigte er allerdings noch kein Interesse daran.

Eines Tages zog ihn sein Vater beiseite.

„Sohn, du hast das Alter erreicht, in dem geheiratet wird. Zu meiner Zeit war es Aufgabe der Eltern, die Ehegatten für ihre Kinder auszusuchen, ohne dabei deren Wünsche zu achten. Die Wahl der Eltern musste widerspruchslos hingenommen werden. Das möchte ich dir nicht antun. Ich wäre jedoch froh, du würdest heiraten. Nun sag' mir ohne Scheu: Wen möchtest du denn heiraten? Alle Frauen schwärmen von dir. Gibt es vielleicht Dinge, auf die du besonderen Wert legst bei den Frauen, die in Frage kämen? Du kannst offen mit mir darüber reden."

„Vater, Recht hast du, aber lass mich darüber schlafen. Ich werde mit meinem Kissen darüber reden und spätestens morgen Abend werde ich dir antworten."

Samba wusste, dass es für ihn ein Leichtes war, das Herz jeder Frau zu gewinnen. Dementsprechend eingebildet war er auch, und wählerisch wie kein anderer.

In jener Nacht hatte er einen merkwürdigen Einfall. Er fertigte eigenhändig eine wunderbare Bauchkette aus Perlen an. Der prachtvolle Schmuck gefiel ihm.

Am nächsten Morgen teilte er seinen Eltern die Bedingungen mit, unter denen er in eine Heirat einwilligen würde.

„Ich werde nur die Frau zur Gemahlin nehmen, der diese Bauchkette passt."
„Wenn du meinst", willigten seine Eltern ein.

Wenig später wurde die Trommel geschlagen, die Klänge trugen die Nachricht überall hin und Frauen kamen scharenweise von nah und fern. Frauen jeglicher Hautfarbe stürmten den Palast. Doch keine von ihnen bestand die Prüfung, der sie sich unterziehen mussten. Es dauerte sieben Tage und sieben Nächte, bis alle an die Reihe gekommen waren. Vergebens.

Sambas Eltern waren enttäuscht und ratlos. Wann würde ihr Sohn wohl endlich heiraten, fragten sie sich.

Eines Tages nahm Sambas Zwillingsschwester heimlich die berühmte Bauchkette und probierte sie an. Und siehe da! Sie passte ihr wie angegossen. Sie ging zu ihrem Bruder und konfrontierte ihn mit dieser Tatsache. Da Samba, der schönste Mann des Dorfes, seine eigene Schwester nicht heiraten konnte, war er nun in seine eigene Falle geraten. Bis heute wartet er noch auf die Frau, der die Kette passt.

An dieser Stelle fällt die Geschichte ins Meer,
und wer ihren Duft als Erster riecht, kommt ins Paradies.

DIE WÄHLERISCHE PRINZESSIN

Sarabar war die schönste Frau in der Geschichte ihres Dorfes. Als Einzelkind und Prinzessin wurden all ihre Wünsche von ihrem großzügigen Vater und König von Suntu restlos erfüllt. Sie wuchs glücklich und zufrieden auf. Je älter sie wurde, desto schöner wurde sie. Sie war bald über alle Maßen schön: ihre Augen sahen aus wie zwei honigfarbene Edelsteine, ihre Zähne wie eine makellose Aneinanderreihung von Kaurimuscheln. So schön waren ihre Beine, ihr Gang so graziös, dass man sie die Gazelle von Suntu nannte.

Sarabar war zwar äußerst hübsch, jedoch hochnäsig und eingebildet. Als sie das heiratsfähige Alter erreichte, zeigte sie ihr wahres Gesicht. Sie wurde richtig wählerisch. Unzählige Männer betraten den Palast, warben um die Prinzessin. Doch Sarabar zeigte kein Interesse, für wen auch immer. Weder Schönheit noch Reichtum der Kandidaten konnten sie begeistern.

„Ich will den schönsten und makellosesten Mann auf der Erde heiraten und da er anscheinend noch nicht geboren ist, lasse ich mir lieber Zeit."

Es dauerte lange, bis ein edler Reiter wie aus dem Nichts im Palast auftauchte. Er wurde feierlich von Sarabar empfangen.

Beide unterhielten sich lange auf die höflichste Art und Weise. Sie sprachen ausführlich von Gott und der Welt. Erst jeder Gesprächsstoff erschöpft war, gab der Reiter den Grund seines Besuches endlich kund.

„Wenn du mir einen Wunsch freigibst, würde ich dich gerne zur Frau nehmen. Was sagst du dazu, schöne Prinzessin?“

Diese Frage traf Sarabar wie ein Blitz. Sie schaute den fremden Mann kurz verlegen an und entgegnete dann voller Ernst:

„ Wenn ich ehrlich bin, muss ich gestehen, dass du der schönste Mann bist, dem ich jemals begegnet bin. Aber selbst wenn du Makena wärst, von dem alle behaupten, er sei der schönste Mensch der Welt, würde ich dich trotzdem nicht heiraten. Es tut mir leid.“

„Das tut mir leid für dich, denn du sitzt heute und hier eben vor jenem Makena. Ich bin nämlich Makena. Damit hättest du bestimmt nicht gerechnet“, erwiderte der Fremde.

Sarabar ärgerte sich daraufhin sehr über ihre Überheblichkeit. Sie schaute Makena tief in die Augen und sprach beschämt:

„Ich gebe zu, diesmal bin ich zu weit gegangen. Daran ist meine Eitelkeit Schuld. Nun möchte ich mein Gesicht jedoch nicht verlieren, Adel verpflichtet. Nehmen Sie mich zur Frau und vergessen Sie bitte alles andere im Namen meines blauen Blutes."

Wie gesagt, so getan. Sarabar hatte damit den Mann bekommen, den sie verdient hatte.

YAKAR, DIE HOFFNUNG
WIE EIN KIND ZUM GLÜCK SEINER MUTTER BEITRUG

In der Zeit, als Menschen und Tiere eine gemeinsame Sprache besaßen, lebte einst ein Ehepaar in dem Dorf Yalla Yaa Na („Gott ist groß“). Der Mann hieß Ibo Ndiaye und die Frau Kolotid Ciss Ndiaye. Während der tapfere Mann auf dem Feld arbeitete, kümmerte sich seine herzensgute Frau um Haus und Hof. Beide waren sehr arm, ja, so arm, dass sie sich des Öfteren fragten, ob ihr Dorf den Namen Yalla Yaa Na („Gott ist groß“) wirklich verdient habe.

„Wenn es nach mir gegangen wäre: ich hätte es ‚Yalla Djex Na‘ („Gott kommt nicht mehr“) genannt“, pflegte Kolotid zu stöhnen.

„Sei es drum. Wer weiß, vielleicht hat der liebe Gott uns noch lange nicht alles von sich gezeigt. Das Leben hat lange Beine. Es kann also zu jeder Zeit so etwas wie ein Wunder passieren. Wer weiß!“, versuchte Ibo seine Frau zu trösten.

„Was du nicht alles sagst! Auf dein Wunder bin ich sehr gespannt!“

Kolotid und Ibo lebten weiterhin fernab von jedem Wunder. Die Zeit verging, die Trockenzeit hatte Abschied von der Erde genommen, nun stand die Regenzeit vor der Tür. Begleitet von flirrender Luft und dörrender Hitze rückten die Wolken immer näher, bis zu dem Tage, als der Himmel plötzlich grau wurde. Gewaltige Windstöße wirbelten Wäsche, Töpfe und Geschirr in den Höfen durcheinander. Ibo rannte zum Zaun. Der Zaun bestand aus Schilfmatten, Draht hielt die einzelnen Matten zusammen.

„Kolotid! Kolo! Komm und halte kurz den Zaun fest! Ich besorge Draht, bevor der Regen ihn wegspült!"

„Ich warte auf dich", antwortete Kolotid. Sie war zwar hochschwanger, hielt aber dennoch den Zaun fest.

Kaum war Ibo in der Hütte, schon fing es an zu blitzen, zu donnern und bald darauf zu regnen. Es regnete in Strömen, es regnete und regnete, als wollte der liebe Gott den ganzen Himmel entleeren. Gedankenverloren legte Ibo sich hin, um zu warten, bis der Regen vorbei war. Er dachte sich nichts Böses dabei. Er ging davon aus, dass seine Frau vor dem Regen fliehen und ins Haus kommen würde. So schlief er ein.

Kolotid wartete trotz des Unwetters die ganze Nacht vergeblich auf ihren Mann.

Am nächsten Morgen, beim ersten Hahnenschrei, ließ Ibo sich endlich blicken. Sein erster Blick brachte ihn zum Staunen.

„Was stehst du denn hier an dem Zaun herum?", fragte er.

Kolotid nieste und antwortete: „Du hast mich doch gestern darum gebeten, diesen Zaun für dich festzuhalten!"

„Hast du etwa so lange im Regen gestanden und auf mich gewartet, die ganze Nacht hindurch?"

„Allerdings. Ich warte immer auf meinen Mann."

„Großer Gott, wie konnte mir nur so etwas passieren?" Ibo schlug die Hände über dem Kopf zusammen. „Ich hatte mich nur kurz hingelegt, und da bin ich wahrscheinlich dummerweise eingeschlafen. Oh je ...."

Dieses Ereignis war ihm offensichtlich äußerst peinlich und unangenehm. Er entschuldigte sich unaufhörlich bei seiner Frau und lobte sie für ihre Hilfsbereitschaft und ihre unvergleichliche Geduld.

„Ah, Kolotid! Gute Frau! Möge das Kind, das du jetzt in deinem Bauch trägst, das Kind sein, das dich eines Tages zur glücklichsten Mutter weit und breit machen wird!“
„Allah möge dich erhören“, fügte Kolotid hinzu.

Daraufhin führte Ibo seine Kolotid in die Hütte und entfachte ein Holzfeuer für seine durchnässte Frau. Er kümmerte sich liebevoll um sie, bis zu dem Tage der Entbindung.

Sie gebar einen wunderschönen Sohn. Sie nannten ihn Yakar, die Hoffnung. Yakar wuchs glücklich und zufrieden heran. Mit sieben Jahren war er so gut erzogen, dass sein Name in aller Munde war. Alle Dorfbewohner hatten ihn ins Herz geschlossen.

„Dieses Kind hat ein Herz für Menschen“, schwärmten sie. „Er wird eines Tages dafür belohnt werden.“

Seine Eltern waren besonders stolz auf ihn. Denn Yakar half zu Hause, so viel er nur konnte, vor allem, seitdem er erfahren hatte, welche Bedeutung sein Name hatte.

Eines Tages ging er in den Wald, um Brennholz für seine Mutter zu besorgen. Bald hatte er einen großen Haufen trockenes Holz, jedoch konnte er ihn nicht als Bündel auf den Kopf setzen, dafür war es zu viel. So kam es, dass er davor saß und vor sich hin weinte. Da sprach ihn ein kleiner Vogel von seinem Nest aus an.

„Heh, Junge! Du scheinst etwas auf dem Herzen zu haben. Kann ich dir behilflich sein?"

Erschrocken richtete Yakar sich auf und entdeckte einen kleinen Vogel. Sein Gefieder wies ein rotes Band um den Hals auf.

„Ach, du bist es!", sagte Yakar erleichtert. „ Das ist aber lieb von dir, dass du mir helfen willst. Aber wie kann ein so kleiner Vogel wie du meinen schweren Holzhaufen tragen?"

„Klein bin ich zwar, aber ich bin kein gewöhnlicher Vogel, mein Junge. Ich bin nämlich Bengali, der Totemvogel des Waldes. Ich kann Wunder vollbringen. Meine Zauberfähigkeit erhielt ich von meinem Vater, Bengali Ba, Medizinmann seines Zeichens. Seitdem sitze ich hier auf seinem Platz. Von hier aus sehe und höre ich alles, sogar im Schlaf."

„Nett, dich kennen zu lernen. Meine Eltern nennen mich Yakar. Ich wollte meiner Mutter mit diesem Holz eine große Freude bereiten. Aber das gelingt mir nicht. Nun, wie willst du mir helfen?"

„Komm näher. Halte deine Hände auf und höre mir gut zu. Siehst du dieses Ei? Auf diesem Ei sitze ich und halte es warm, seit genau sieben Jahren, sieben Monaten, sieben Tagen und sieben Nächten. Es musste anscheinend so lange auf dich warten. Nun nimm es und lauf nach Hause, ohne dich umzudrehen. Wenn du kurz vor deinem Ziel bist, dann schlage es auf, und du wirst etwas erleben. Du musst mir dafür nur dein ganzes Holz hier lassen."

Yakar ließ es sich nicht zweimal sagen, er nahm das Ei dankend entgegen, ließ dafür sein Holz zurück und eilte davon. Inzwischen war die Dämmerung hereingebrochen. Der Mond spendete der Erde das Abendlicht, als Yakar sein Zuhause erblickte.

Er blieb stehen, schloss die Augen und schlug das Ei auf. Kaum hatte er die Augen wieder geöffnet, stand er mitten in einem Wunder. Er war umringt von berittenen Kriegern, Trommlern und Tänzerinnen, Gold und Diamanten, Herden von Ziegen, Schafen, Äffchen, Zebus und Hängebauchschweinen.

Mit diesen Reichtümern kehrte Yakar in sein Elternhaus zurück. Er beschenkte seine Mutter reichlich.

Am nächsten Tag war schnell das ganze Dorf bei ihm versammelt. Yakar teilte seinen Reichtum mit den anderen Dorfbewohnern. Es wurde gefeiert bis spät in die Nacht. Am Ende der Festlichkeiten wurde er sogar zum jüngsten König in der Geschichte des Dorfes erkoren. Dort lebte und herrschte er sieben Jahre, sieben Monate, sieben Tage und sieben Nächte lang.

An dieser Stelle fällt die Geschichte ins Meer,

und wer ihren Duft als Erster riecht, kommt ins Paradies.

DIE GERECHTIGKEIT DER HYÄNE

Lange ist es her, dass der gefräßige Hyänenmann Buki einen Bärenhunger hatte. Er ging tagelang auf Jagd. Er streifte sabbernd die ganze Savanne ab, fand jedoch nichts an Fleisch. Hungrig, erschöpft und enttäuscht humpelte er mit wackelndem Kopf sieben Tage und sieben Nächte lang nach Hause zurück.

Als er in der dörrenden Septemberhitze seiner Familie den Misserfolg mitteilte, kam seine Frau auf eine Idee:

„Oje, die Lage ist zwar ernst, aber noch lange nicht hoffnungslos. Lasst uns alle zum See laufen. Vielleicht finden wir ein paar Fische. Auch wenn sie heutzutage immer seltener zu finden sind."

„Wenn du meinst", antwortete der vor Hunger zitternde Hyänenmann und fügte hinzu: „Wie heißt es so schön: ‚Wer keine Mutter besitzt, muss sich mit Omas Brust zufrieden geben.'"

Wie gesagt, so getan. Buki, seine Frau und die abgemagerte einzige Tochter brachen sofort auf. Vor sich hin jammernd liefen die drei mit ihren letzten Kräften etwa drei Stunden umher, bis sie endlich ihr Ziel erreichten.

Es herrschte eine strahlende Sommersonne. Das Wasser war glasklar. Buki tappte ins Wasser, da entdeckte er drei fette, tote Fische, die auf der Oberfläche schwammen. Mit voller Wucht schlug Buki ins Wasser, krallte sich die Fische und brachte sie stolz ans Ufer, wo Frau und Tochter ihn bejubelten.

„Ausgezeichnet, Papa, toll! Das hast du meisterhaft gemacht! Und dann noch so schnell wie ein Blitz! Der Tag ist gerettet."

„So einen geschickten Mann habe nur ich alleine auf der ganzen Welt. Du bist der beste Mann weit und breit", schwärmte Bukis Frau und gab ihrem Mann einen dicken Kuss.

Daraufhin bat Buki die beiden, unter einem schattenspendenden Baum Platz zu nehmen und erklärte ihnen:

„Ich bin für Gerechtigkeit. Ihr beiden, würde ich sagen, nehmt e i n e n Fisch, und ich behalte die anderen zwei Fische. Dann seid ihr zu dritt – und wir sind drei, damit ist die Sache in Ordnung. Und nun: Guten Appetit!"

An dieser Stelle fällt die Geschichte ins Meer,
und wer ihren Duft als Erster riecht, kommt ins Paradies.

IBO

MEIN BESONDERER DANK GILT:
LEO „VADDER" UND BIRGIT MEISER
ANNA UND KATHRIN MEISER - GABI REIBOLD - USCHI LIPP
MALIK KLÖCKNER - BIANKA & RAZIE LBARON
BARBARA BRAUN - WILLI BRAUN
INSA BODECKER - MASSAER NDIAYE - PETER MEISER
GUNNI MAHLING - CHRISTIAN SCHMID
WIR IM VEREIN MIT DIR - KARIN GRAF
DR. MARIA DE JESUS DURAN KREMER - THERESE ZILLIGEN
JURIS ZVIRGZDIŅŠ - SILVIA TSETJAKOVA - UDO VON ALTEN
AMUSSA ATTEH - RICHI KÖTTEL - KARL HEINZ STEFFEN
HEINRICH HERLYN UND FAMILIE

IBO

Ibrahima Khalilou Rassoul Kharitou Yallah Sëtou Bour Sine Coumba Ndoffène Diouf ibn El Hadj Papa Magatte Ndiaye aka Hakuna Matata

*1963 im Sénégal
Studierte Germanistik, Romanistik und Anglistik in Dakkar und Saarbrücken. Verschiedene Tätigkeiten als Autor, Schauspieler, Musiker, Tänzer und Geschichtenerzähler. Er erhielt mehrere Preise in Deutschland, Frankreich und Sénégal. Wurde zuletzt von dem Expräsidenten von Sénégal ausgezeichnet und geehrt.

Veröffentlichungen

- Amadou ma Amadou - Märchen aus dem Sénégal, Taschenbuch, 2009
- und krik und krak - afrikanische Tiermärchen 1+2, Hörbuch, CD
- Die Schlange, die Füße haben wollte, Märchen aus dem Sénégal Taschenbuch, 2010
- Tanz der Löwen - afrikanische Lieder für Kinder, Lieder in Originalsprachen mit Noten und Musik-CD, didaktisches Material für Vor- und Grundschule, von Ibrahima Ndiaye und Heinrich Herlyn, Taschenbuch, CD, 2010
  alle: Schocolili-Verlag, Saarbrücken
- Dikum dakum - die geheimnisvolle Zauberformel, Bilderbuch, 2010
  Bakame Verlag Schweiz

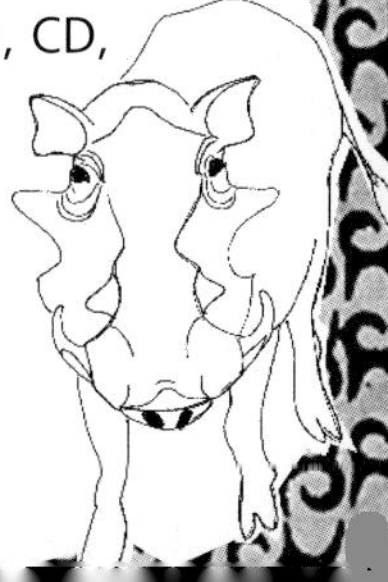

COVERILLUSTRATION
BIRGIT LEIBFRIED

ILLUSTRATION & LAYOUT
CONNY UND ANDREAS "POLLUX" PAULUS, VÖLKLINGEN

LEKTORAT
IRIS LEMANCZYK

PHOTO
MALIK KLOCKNER

DRUCK
REPA DRUCK GMBH, ENSHEIM

1. AUFLAGE
600 STÜCK

ERSCHIENEN IM
SCHOCOLILI VERLAG, SAARBRÜCKEN
WWW.IBRAHIMA.DE SCHOCOLILIVERLAG@GOOGLEMAIL.COM

SAARBRÜCKEN, 2010 ISBN 978-3-938381-27-4